T0038150

TODOS LOS VERANOS TERMINAN

BEÑAT MIRANDA

TODOS LOS VERANOS TERMINAN

PLAZA  JANÉS

Papel certificado por el Forest Stewardship Council®

MIXTO
Papel procedente de
fuentes responsables
FSC
www.fsc.org   FSC® C117695

Penguin
Random House
Grupo Editorial

Primera edición: junio de 2022

© 2022, Beñat Miranda Garaizabal, representado por Dispara Agencia Literaria
© 2022, Penguin Random House Grupo Editorial, S. A. U.
Travessera de Gràcia, 47-49. 08021 Barcelona

Penguin Random House Grupo Editorial apoya la protección del *copyright*.
El *copyright* estimula la creatividad, defiende la diversidad en el ámbito de las ideas y el conocimiento,
promueve la libre expresión y favorece una cultura viva. Gracias por comprar una edición autorizada
de este libro y por respetar las leyes del *copyright* al no reproducir, escanear ni distribuir ninguna
parte de esta obra por ningún medio sin permiso. Al hacerlo está respaldando a los autores
y permitiendo que PRHGE continúe publicando libros para todos los lectores.
Diríjase a CEDRO (Centro Español de Derechos Reprográficos, http://www.cedro.org)
si necesita fotocopiar o escanear algún fragmento de esta obra.

Printed in Spain – Impreso en España

ISBN: 978-84-01-02720-8
Depósito legal: B-7572-2022

Compuesto en M. I. Maquetación, S. L.

Impreso en Liberdúplex,
Sant Llorenc d'Hortons (Barcelona)

L027208

Para Hyuna,
mi pequeño gremlin y mi razón de ser

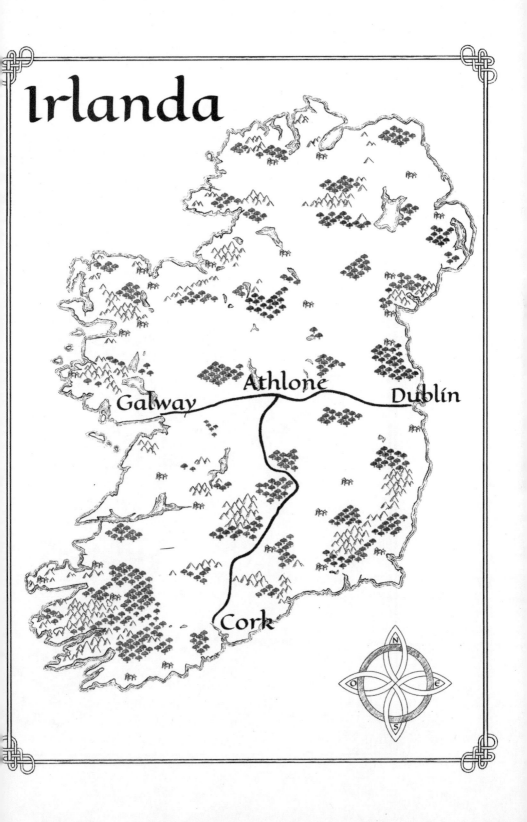

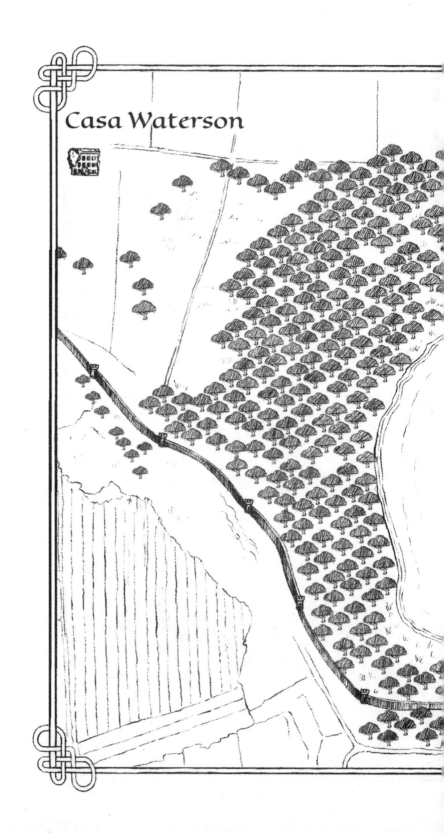

Casa Waterson

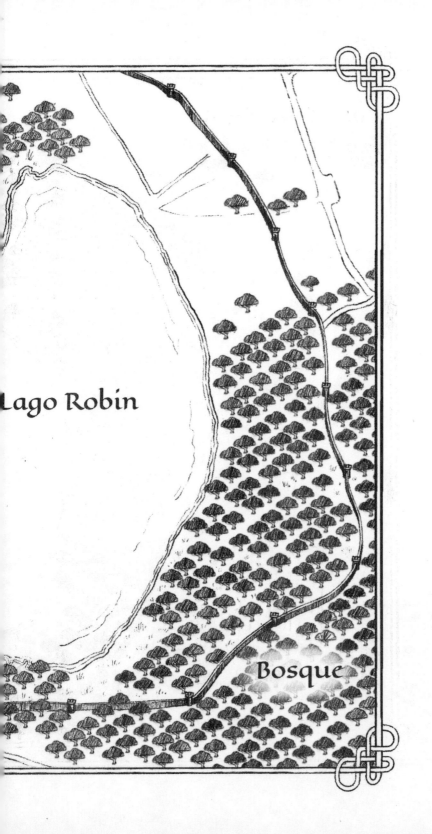

Lago Robin

Bosque

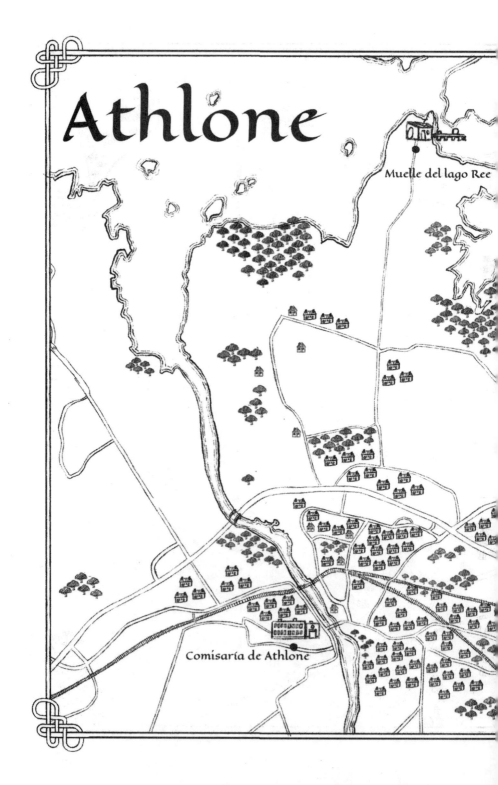

Athlone

Muelle del lago Ree

Comisaría de Athlone

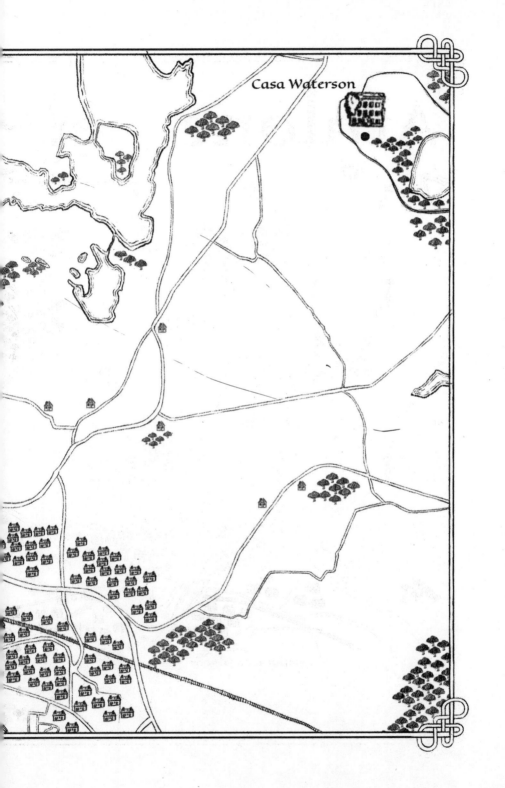

1

Las gotas de lluvia se deslizaban por los ventanales de la enorme casa y evitaban que la escasa luz del día entrase en el oscuro pasillo. La lluvia, eterna compañera de Irlanda y la causante de su permanente verdor, caía sin cesar desde hacía ya una semana. Debido a esa mezcla y al constante cielo gris la casa parecía sacada de una película de Tim Burton.

Por sus pasillos caminaba un hombre de estatura media, entrado en los cincuenta y con calvicie incipiente, pero con una vitalidad que no tenía nada que envidiar a la de cualquier veinteañero. Sus pasos eran seguros, y parecía saberse el camino de memoria. Vestía un traje negro impoluto y hecho a medida que intentaba, sin mucho éxito, disimular su enorme musculatura. Bajo el brazo derecho llevaba enrollado el periódico del día.

Se detuvo delante de una de las numerosas puertas de madera del pasillo. Enganchada con un clavo, había una imagen impresa y plastificada del ogro Shrek con el texto FUERA DE MI CIÉNAGA, en mayúsculas y en rojo. Encima, en letras de varios colores talladas en madera, se leía HAYDEN.

Se paró para fijarse en la señal y, tras un suspiro, arrancó el clavo y el cartel y los dejó a un lado. Tocó la puerta en dos ocasiones y, al no recibir respuesta alguna, entró en la habitación.

Estaba sumida en la oscuridad. Más allá de una pequeña línea de luz que una gruesa cortina no alcanzaba a cubrir del todo, no se distinguía nada en absoluto. Con el conocimiento que le daba la experiencia, el hombre se adentró, esquivó unas zapatillas y un montoncito de ropa sucia, llegó a la ventana y abrió de golpe la pesada cortina, dejando que entrase la luz del día e iluminase el cuarto.

Un gemido de dolor surgió del bulto que había bajo las mantas en la enorme cama.

—¡Aaah! —se quejó el bulto—. ¿Por qué me castigas de esta forma, oh, creador? ¿Cómo osas traer la luz a esta mi cueva?

El hombre volvió a suspirar, se acercó al borde de la cama, agarró las mantas y las apartó a un lado bruscamente, dejando a la vista a su ocupante, que, en posición fetal, trató en vano de alcanzarlas para volver a taparse.

Tras varios intentos fallidos de hacerse con ellas, se dio por vencido y se enderezó.

—¿Acaso la señal de la puerta no ha dejado claras mis intenciones de dormir todo el día? —Señaló con un dedo acusatorio al hombre —. ¡Si hasta me molesté en dibujar a un familiar tuyo en la señal para que te fuera más fácil de entender!

El hombre le devolvió la mirada sin contestar, extendió la mano con el periódico y señaló con la otra el titular principal de la portada.

—Voy… Voy —dijo molesto, mientras lo cogía y centraba la vista en la noticia.

Se descubre el cuerpo de la actriz Olga Nóvikov en su apartamento de Cork

La tragedia ha caído sobre una de las parejas más queridas de la isla.

Sobre las 13.00 horas de ayer, el cuerpo de la actriz Olga Nóvikov fue encontrado en su apartamento de Cork por su marido, el conocido productor Eoin Quigley, que volvía de un viaje de negocios en la isla vecina.

La conocida artista, premiada recientemente con el premio IFTA a la mejor actriz del año, residía en uno de los barrios más prominentes de la ciudad, donde se retiraba a descansar entre papel y papel. Además, era muy conocida por su labor filantrópica con la comunidad de artistas de la región.

Dado que la noticia es reciente, los datos públicos son escasos, pero gracias a una fuente anónima hemos sabido que la muerte no ha sido accidental, ya que no había ni una gota de sangre en el cuerpo de la actriz.

El artículo continuaba varios párrafos más describiendo los diferentes premios que había obtenido la actriz y urgiendo a los lectores a descargar la aplicación del periódico, donde se actualizaría la noticia al minuto con cualquier nuevo descubrimiento.

Hayden levantó la mirada y le dijo:

—Mayordomo. —El susodicho dejó de recoger el montón de ropa sucia y se fijó en él—. Voy a tener que encargarme de esto, ¿no es así?

El hombre no dijo ni una palabra, pero asintió con la cabeza. Acto seguido, continuó recogiendo la ropa, que diligentemente depositó sobre una cesta que había junto a la puerta.

Hayden, aprovechando que Mayordomo se estaba encargando de la ropa, se abalanzó sobre las mantas y volvió a la cama de un salto antes de que el otro reaccionara.

—Pues avísame cuando sea el momento —dijo mientras se cubría de nuevo—. Hasta entonces, ¡fuera de mi ciénaga, que quiero dormir!

Mayordomo suspiró, salió del cuarto y cerró la puerta.

2

Si hay una cosa por la que se conoce la campiña irlandesa es por esos pueblecitos en los que nunca pasa nada. Bueno, de cara al público. La realidad del país es muy diferente a lo que se ve en las noticias o a lo que las agencias turísticas presentan.

Tampoco es algo de lo que nadie se queje en demasía. Al fin y al cabo, prácticamente ningún turista sale de las rutas más visitadas. Si cogiéramos ahora mismo a los últimos mil visitantes que han pasado una semana en la isla y los pusiéramos delante de un mapa para que reconocieran más de tres ciudades, el 90 por ciento no podría nombrar nada más allá de Dublín, Galway y los acantilados de Moher.

Este fenómeno es algo en lo que se ha trabajado durante décadas. No importa lo mucho que la isla necesite revitalizar los pueblos de las regiones centrales, para el Gobierno central es mejor tener zonas deprimidas económica y socialmente que exponer de forma pública el inexplicable alto porcentaje de personas desaparecidas que se registra anualmente en estas áreas.

No es que el hecho de salir de las ciudades principales signifique estar en peligro, nada más lejos de la realidad. Simplemente, cuando sales de lo que denominan «civilización», las supersticiones y creencias populares toman un protagonismo mucho mayor de lo que el turista cree.

¿Ha fallecido un marinero en el pequeño pueblo pesquero de Ballybunion, en Kerry? Ha tenido que ser un fomor, un antiguo demonio irlandés que disfruta confundiendo a los humanos y llevándolos a la muerte en el mar. Pocos se paran a pensar en que ha podido ser su propio hijo, que, cansado de esperar a heredar el negocio familiar, aprovechó una tormenta para empujar a su padre a las gélidas aguas del Atlántico y adelantar sus planes de emancipación.

En vez de hacer una investigación exhaustiva, las gentes de la zona llevarán algo de hierro encima durante semanas, ya que la tradición dice que ayuda a guardarse de los malos espíritus y es mortal para el pueblo feérico.

En resumidas cuentas, ser policía fuera de las ciudades principales es tener que hacer frente a crímenes que para los lugareños casi siempre tienen un motivo sobrenatural. ¿Cómo explicas a la comunidad internacional que la creencia local es que el autobús de estudiantes de primaria españoles desaparecido en la región central de Westmeath fue atacado por un pooka que los hizo desviarse del camino previsto?

Esto lo sabía bien Kiaran, que después de casi más de una década en la policía nacional irlandesa, la Garda Síochána, como se la llamaba en el país, se veía obligada a lidiar con esto a diario. A estas alturas había perdido la cuenta de la cantidad de veces que había oído la palabra «duendes» como motivo principal de cualquier crimen, por pequeño que fuera.

Entre sus favoritas estaba aquella ocasión, cuando solo llevaba unos pocos meses en el cuerpo, en la que, mientras interrogaban a un sospechoso de haber robado en una gasolinera en el pueblecito de Waderstone, el encargado no paraba de culpar a los duendes como principales causantes de la desaparición del dinero de la caja y de un montón de botellas de cerveza.

Un simple vistazo al garaje de su domicilio, a pocos minutos de la gasolinera, demostraría dónde habían ido a parar todas esas cervezas, por no hablar de su nuevo y flamante ordenador, cuya procedencia, defendía el acusado, era una herencia de última hora.

Con treinta y tres años a sus espaldas y más de un tercio de su vida dedicada a la Garda, Kiaran venía de una larga tradición familiar de policías y militares. Era la única mujer de un grupo de cinco hermanos y estaba más que acostumbrada a bravucones y a pelear por hacerse valer, lo que hacía completamente inefectivo el intento de intimidación al que estaba siendo sometida en ese mismo momento.

La desaparición del autobús tenía a todo el departamento de detectives de la comisaría de Athlone completamente confundido. Era prácticamente imposible que un autocar cargado de críos en medio de una excursión pudiera esfumarse por arte de magia. Esto los había llevado a intentar reconstruir el camino seguido por el vehículo, que, tras casi dos días de búsqueda y revisión de cámaras de tráfico, los había dejado en este pequeño punto en mitad de ninguna parte.

El seguimiento de la tarjeta de crédito corporativa del conductor los llevó hasta su última parada, una gasolinera justo en una salida de la autopista M6, la carretera que une Dublín con Galway y que atraviesa de un lado a otro la isla. Ahí el rastro desaparecía, por lo que Kiaran tenía a todos sus efectivos peinando los diferentes pueblos y negocios de la zona para comprobar si alguien había visto el autocar en algún momento. Suspiró mientras trataba de mantener la compostura y prestaba atención al individuo que tenía delante.

—Ya le he dicho que no sé nada de ningún autobús —dijo de malas formas Michael Byrne.

Kiaran echó mano de sus notas para repasar lo que ya habían cubierto. Michael era el dueño de una pequeña compañía de maquinaria pesada que tenía como principal negocio remolcar coches accidentados y alquilar sus grúas para obras en la autopista y en urbanizaciones en construcción cercanas.

Un vistazo rápido a su historial dejó claro que el tío no era precisamente amigo de la policía, ya que contaba con varias quejas de vecinos y viandantes que sospechaban que los pinchazos de sus ruedas habían sido provocados. Curiosamente, cuando la policía llegaba, se encontraban con que los neumáticos ya se habían cambiado y los antiguos se habían quemado o desechado para «reciclaje», como decía Michael. No, definitivamente no era lo que se denominaría «un ciudadano ejemplar».

—De nuevo —comenzó a decir Kiaran—, lamento muchísimo las molestias que esto pueda ocasionarle.

No pudo evitar darse cuenta de que Michael parecía estar metiendo tripa mientras hablaba; era como un globo a punto de desinflarse.

—Lo que está haciendo es no dejarme hacer mi trabajo, señorita —dijo levantando la voz mientras gesticulaba con las manos señalando a su alrededor—. ¿Acaso no ve que solo trato de ganarme la vida de forma honrada? ¡Me está espantando a los clientes!

Kiaran levantó las cejas ante esta última declaración y, armándose de paciencia, sonrió.

—Lo entiendo. No se preocupe, informaremos a los padres de los chiquillos desaparecidos de que usted no ha visto nada y de que nuestras preguntas le parecen un incordio.

Sabía que esa respuesta seca y cortante podía acarrearle problemas si Michael presentaba una queja. Dudaba que fuera a hacerlo, pero debería tener más cuidado, se dijo a sí misma.

Estaba acostumbrada a que la gente no la tomara en serio nada más conocerla. Era baja, tenía el cuerpo tonificado y los brazos musculosos, tendía a levantar la barbilla a la hora de dirigirse a alguien y era la ganadora del año anterior de las olimpiadas intradepartamentales, donde había superado el récord en levantamiento de peso muerto, establecido varios años antes. Acomplejada por su cuerpo, según ella, poco «femenino», acostumbraba a vestir ropa un poco por encima de su talla, además de llevar siempre una gabardina con la que intentaba cubrir su amplia espalda.

Dejó al dueño sonrojado y farfullando en voz baja y salió del establecimiento, cubriéndose los ojos mientras se adaptaba a la luz del sol, que brillaba de forma poco habitual en aquel lugar en el que la lluvia es la reina casi permanente del clima. Mientras echaba un vistazo en el móvil a la lista de negocios cercanos por los que todavía tenía que pasar, distinguió a un hombre en uno de los caminos de tierra cercanos a la tienda de Michael.

Parecía que estaba a cuatro patas mientras observaba de cerca las huellas de los coches en el camino embarrado. Tenía una mano extendida, como si estuviera midiendo el diámetro de aquellas. Curiosa, Kiaran se acercó con intención de ver qué hacía.

Según se acercaba a la figura semitumbada, se fijó con más detenimiento. Debía de tener aproximadamente su misma edad y vestía una camiseta manchada de Mötley Crüe y unos vaqueros con varios agujeros.

Antes de llamarle la atención, otro hombre se puso delante de ella y, sin llegar a tocarla, alzó una mano para indicarle que parase. Kiaran, lejos de intimidarse, se fijó en el recién llegado y no pudo sino levantar las cejas por la sorpresa.

Vestía lo que sin duda era un traje a medida, impoluto, y que parecía costar más que su sueldo mensual. Estaba entrado en años, con una calvicie incipiente, pero un solo vistazo dejaba claro que se encontraba en plena forma. Tenía sus ojos claros centrados en ella y parecía analizar todos y cada uno de sus movimientos. Kiaran no se amedrentaba con facilidad, pero una sola mirada a este hombre le bastó para deducir que era mejor no enemistarse. Curiosamente, a su espalda llevaba una mochila de tejido vaquero cubierta con un montón de parches de distintos grupos de música.

—¡Oh, Mayordomo! —dijo la figura agachada en el barro—. Deja que se acerque. Quizá así la Garda aprenda algo.

—¿Quién es usted y qué hace aquí? —preguntó Kiaran. No le gustaba nada el tono con el que se había dirigido a la autoridad. Era uno de sus puntos débiles, inculcado desde pequeña. A la autoridad se la respeta.

—Podría llamarme «ciudadano preocupado por que sus impuestos se inviertan correctamente» —contestó el chaval mientras se levantaba del suelo y se sacudía el polvo y el barro semiseco con las manos.

Kiaran aprovechó para fijarse en él más detenidamente. Los vaqueros, si bien tenían agujeros, eran de una marca cara, y la camiseta, aún llena de manchas de estar agachado en el barro, estaba en perfectas condiciones. Calzaba unas botas de piel engrasadas y cuidadas, y en la muñeca lucía un reloj cuyo brillo gritaba lo prohibitivo que resultaba. Tenía el pelo negro y desaliñado y era casi una cabeza más alto que ella.

—¿Sabe algo del autobús desaparecido? —le preguntó Kiaran directamente.

—Por eso estamos aquí —contestó el desconocido—. Estaba hasta las narices de oír en las noticias continuamente el mismo tema, así que he venido a investigar. Mayordomo, aquí presente —señaló con una mano al silencioso hombre trajeado—, no me estaba dejando dormir, y aquí me tiene, dispuesto a ayudar —dijo con tono de fastidio.

Kiaran no sabía por dónde coger a estos dos individuos.

—Esto es trabajo de la policía —contestó de carrerilla—. Si bien agradecemos toda la ayuda que los ciudadanos puedan darnos, es ilegal interferir en una investigación policial.

—Oh, no se preocupe, no tengo intención de interferir en vuestro trabajo. —Hizo unas comillas con las manos cuando dijo «trabajo», para dejar claro lo que opinaba sobre la efectividad del cuerpo de la policía irlandesa.

Kiaran, que empezaba a estar algo enfadada, contestó con sorna:

—Ah, ¿sí? ¿Acaso usted lo haría mejor?

—No es muy difícil, la verdad —repuso con tranquilidad el chaval; su silencioso acompañante gruñó y él puso los ojos en blanco—. Está bien… —Se giró para mirar por primera vez con detenimiento a la detective—. Mi nombre es Hayden y puedo ayudar con la investigación.

—Le agradezco su interés, pero, tal y como le he dicho, esta es una investigación policial, por lo que le agradecería que parase. Nosotros nos encargaremos de dar con el autobús desaparecido.

Hayden soltó un bufido, como riéndose de su afirmación, y se metió las manos en los bolsillos.

—Claro, claro. Estoy seguro de que así será… Vamos a hacer una cosa. Le daré una pista que ayudará con el caso, y si se demuestra que tengo razón, me deja ayudar.

Kiaran asintió, pues pensó que quizá fuera un desequilibrado y que sería mejor seguirle la corriente.

—Esta —dijo él señalando el camino de tierra junto al que había estado agachado— es la carretera por la que pasó el autobús. —Se dio la vuelta y se marchó en dirección a la tienda de maquinaria pesada.

El hombre al que se había dirigido como «Mayordomo» se metió la mano en la chaqueta del traje y extrajo una tarjeta, que le entregó antes de darse la vuelta y seguir a Hayden.

Kiaran, sin todavía entender muy bien lo que había pasado, se fijó en ella. Era completamente negra y en ambos lados se leía exactamente lo mismo: «Hayden Mac Cárthaigh, consultor» y un número de teléfono.

Después de ojearla unos segundos más, la agente de policía llamó a la jefatura.

—Aquí Kiaran —dijo mientras se fijaba en el camino que le había señalado Hayden—. Os he mandado mi localización. Por favor, traedme a los de la científica para comprobar una cosa.

3

Después de un rápido barrido de la zona por parte del equipo de la científica y de acordonar los casi ocho kilómetros del camino embarrado que Hayden había señalado, se determinó que, efectivamente, el autobús había pasado por allí. Durante las siguientes horas, doce miembros de la Garda recorrieron sin éxito la carretera de tierra intentando descubrir cualquier pista sobre el paradero del vehículo. Más allá de un campo chamuscado por culpa de, al parecer, una quema de paja que se había escapado un poco de control, se perdía el rastro del autocar por arte de magia.

Tras una infructuosa noche sin dormir y sin avance alguno en la investigación, Kiaran, que sentía la presión de los medios y era consciente de que podía meterse en un problema muy serio si no encontraban la solución a este misterio cuanto antes, se llevó la mano al bolsillo y sacó la tarjeta que le habían entregado. La miró con detenimiento, le dio un par de vueltas y se llevó el auricular del teléfono de su escritorio al oído.

Marcó el número y esperó. Después de dos tonos, se oyó un sonido que indicaba que alguien estaba al otro lado de la línea, pero nadie la saludó. Tras unos segundos algo incómodos, decidió hablar primero:

—Buenas tardes, mi nombre es Kiaran y soy parte del cuerpo de la Garda estacionado en la comisaría de Athlone, en Westmeath. Me entregaron esta tarjeta ayer y me pidieron que llamase si la pista era útil y necesitábamos ayuda.

—Sí —contestó una voz grave al otro lado del teléfono. Kiaran se acordó de Mayordomo, el hombretón silencioso que acompañaba a Hayden, y dedujo que debía de estar hablando con él—. Tenemos una reunión esta mañana en la comisaría en la que todos los equipos están involucrados. Me gustaría invitaros a participar como consultores. Será a las doce en punto.

—Allí estará —respondió él, y colgó el teléfono.

Kiaran se quedó con el auricular en la mano, preguntándose si estaba cometiendo un error. Lo único que tenía claro era que necesitaban resultados cuanto antes. Resultaba difícil pensar que los ocupantes del autobús seguían vivos después de tantos días desaparecidos, pero las noticias no dejaban de mencionar la investigación, y no quería ni imaginarse el dolor que debían de estar sintiendo las familias al desconocer el paradero de sus hijos.

Envió un correo al resto del equipo y a recepción, avisando de que acudiría un consultor para que estuvieran al corriente, y salió de su despacho para preparar la sala de juntas. Tenía la impresión de que esta reunión acabaría siendo de lo más interesante.

En una sala de la comisaría de Westmeath, y rodeado por más de veinte experimentados policías y detectives que discutían sobre los posibles motivos de la desaparición del autobús, Hayden se hizo oír levantando la voz por encima del resto.

Lo habían ignorado desde el momento en el que entró por la puerta y lo habían relegado a una esquina de la enorme mesa de la sala de juntas, donde más desapercibido pasaba. A ningún detective que se precie le gusta que los civiles formen parte de una investigación, y menos aún como consultores. Por respeto a Kiaran no se había puesto en duda su decisión, pero eso no significaba que estuvieran de acuerdo ni que quisieran facilitarle las cosas a estos dos extraños.

Kiaran se situó detrás de él, intentando ofrecer un soporte visible a lo que fuera que el extraño quería compartir con el equipo. Estaba muy segura de saber lo que pensaban el resto de los detectives allí presentes: «Aquí viene otro que ha visto demasiadas series de detectives en Netflix y se cree un experto».

Por el rabillo del ojo se fijó en que alguno de los detectives miraba sin disimulo al acompañante de Hayden, que destacaba por su traje impoluto entre tanto policía, además de por la mochila y el termo lleno de chocolate que le servía de forma continuada a Hayden en la taza que este tenía entre las manos.

—El autobús no ha desaparecido y los niños están muertos.

Todos se quedaron en silencio y lo observaron de forma hostil. Aun así, permanecieron callados mientras Hayden elaboraba su declaración.

—El autocar no se ha esfumado por arte de magia ni el conductor ha sido engañado por un hada. —Se llevó la taza de chocolate caliente a los labios e hizo una seña a Mayordomo, que la recogió y volvió a situarse a su espalda—.

Estamos a finales de septiembre, donde la quema de hierbajos es algo común y supone un peligro constante de incendio. —Hizo una marca con un rotulador en el mapa de la región que tenía delante mientras algunos policías asentían.

La quema de hierbajos era ilegal en la isla durante los meses de verano debido a las altas posibilidades de incendio que conllevaba. Aun así, seguía siendo costumbre. En zonas deprimidas donde hay que contar hasta el último céntimo, si podías ahorrarte pagar por deshacerte de forma segura de los hierbajos quemándolos, lo hacías, sin importar las multas tan elevadas a las que te arriesgabas si te pillaban.

—El autobús pasó por esta zona de camino hacia Galway para evitar el tráfico de entrada a la ciudad y se metió en campos donde la visibilidad es prácticamente nula. —Mientras hablaba, recorría con el rotulador la carretera por la que el autocar había ido—. Es una carretera comarcal, con una renovación pendiente desde hace más de diez años y con baches que son la pesadilla de cualquier vehículo que no sea un tractor. —Más asentimientos acompañaron estas declaraciones. Era de dominio público el mal estado en el que están las carreteras comarcales de la isla—. El día de la excursión se dieron vientos muy fuertes, los más fuertes de la zona en todo el año. A su vez, si nos fijamos en las noticias, hubo un incendio en un campo colindante por una quema de hierbajos descontrolada en la que participaron los bomberos para poder extinguirlo.

Mayordomo le volvió a poner una taza de chocolate caliente en las manos.

—Mi teoría —prosiguió— es que el autobús tuvo un accidente con uno de los baches y al menos una de las ruedas quedó inutilizada. Como es una zona con nula cobertura, se vieron atrapados por el fuego y la humareda del campo de al lado y el conductor pidió a los niños que se resguardaran en el autobús, pensando que se extinguiría en breve.

Los policías de alrededor comenzaron a relajar el ceño de desaprobación en favor de un interés genuino, ansiosos por ver adónde llegaba Hayden con su teoría.

—Se quedaron en el autobús y cerraron las ventanas sin pensar que, por culpa del calor, el humo y la nula visibilidad, el vehículo se convertiría en una sauna que en poco tiempo les haría perder el conocimiento y, en última instancia, la vida por inhalar dióxido de carbono. —Hayden volvió a dejar el rotulador en la mesa mientras daba un sorbo al chocolate. A su alrededor todo era silencio.

—Como teoría es entretenida, si bien algo macabra —empezó a decir uno de los detectives más jóvenes de los allí presentes—. Pero ¿no crees que de haber ocurrido algo así los bomberos habrían encontrado el autobús al extinguir las llamas? ¿O acaso estás diciendo que lo secuestró un hada del fuego? —Esta última frase les sacó un par de carcajadas a otros detectives jóvenes, mientras que los más experimentados se mantenían en silencio, esperando a que Hayden respondiese. No sabían de dónde había salido este chaval, pero su tono de voz seguro y claro dejaba patente que analizaba todas sus frases cuidadosamente.

Hayden volvió a coger el rotulador y señaló un puntito que debía de estar a unos cientos de metros del campo quemado.

—Si os fijáis en los negocios de alrededor, notaréis que hay uno de maquinaria pesada. Estoy seguro de que el dueño también posee el campo, o que es un familiar cercano.

Una búsqueda rápida en internet confirmó que la mayoría de los negocios y las tierras de esa pequeña zona eran propiedad de los hermanos Colin y Michael Byrne.

—Cuando el dueño del campo se percató de que el incendio se estaba descontrolando —prosiguió—, se acercó con su hermano para intentar dominarlo y descubrieron el autobús y a los ocupantes en su interior, ya fallecidos desde hacía rato. —La sonrisa del detective había desaparecido por completo—. No les fue difícil escoger una de sus máquinas, remolcar el autobús hasta su negocio, llamar a los bomberos y esperar a que estos extinguieran las llamas para deshacerse del autocar por la noche sin miradas indiscretas.

—¿Cómo puedes deshacerte de algo tan grande sin que nadie se dé cuenta? —La pregunta vino esta vez de uno de los detectives veteranos, que apoyó los dos brazos sobre la mesa mientras trataba de encontrar fisuras a la teoría de Hayden. A diferencia del detective más joven, este no preguntaba con la intención de ridiculizarlo, sino con genuino interés.

—Apuesto a que si lleváis un equipo detrás de la tienda del hermano veréis un montón de tierra removida. Ahí es donde encontraréis enterrado el autobús. —Y tras estas últimas declaraciones dejó el rotulador sobre la mesa y continuó bebiéndose el chocolate caliente mientras el caos engullía su alrededor y el equipo de policía se lanzaba a verificar su teoría.

A lo largo de la siguiente hora, dos coches patrulla se acercaron a la carretera que Hayden había marcado en el mapa a comprobar si había indicios de un accidente o marcas que corroborasen parte de su teoría, y tras encontrar una llanta semifundida en un lateral de una de estas carreteras y marcas de neumáticos sobre el camino, aún oscurecido, pidieron una orden urgentemente para acceder al terreno de los hermanos Byrne.

Para sorpresa de todos menos de Hayden y el silencioso Mayordomo, tras el taller de grúas de Michael Byrne encontraron un montón de tierra removida, y después de excavar un poco con unas palas sacaron a relucir parte del autobús chamuscado y su macabro contenido. Michael confesó haber ayudado a su hermano a deshacerse del vehículo en el mismo lugar y que habían planeado esperar a que las autoridades dejaran de buscarlo para desenterrarlo y deshacerse de él para siempre.

Mientras todo esto ocurría, Hayden se terminó el chocolate y se marchó de la comisaría sin hacer ruido, acompañado por Mayordomo, que antes de salir del edificio se aseguró de dejar la taza bien limpia sobre la mesa y de llevarse el rotulador que Hayden había utilizado para explicar su teoría.

Cuando el equipo asignado al caso del autobús desaparecido se dio cuenta de su ausencia, él ya hacía rato que se había marchado, dejando tras de sí nada más que el olor a chocolate caliente.

4

La resolución del caso del autobús desaparecido ocupó las portadas de todos los noticiarios de esa semana. Nadie se esperaba un desenlace tan macabro y triste, por lo que cualquier tipo de felicitación que el equipo de detectives de la comisaría de Athlone podría haber recibido debió de perderse entre lo que parecía un sinfín de quejas por la tardanza en encontrar a los niños.

Algunos artículos incluso culpaban de la tragedia a la policía, argumentando que, si hubieran hecho mejor su trabajo, los críos ya estarían de vuelta con sus padres. No importaba que los hechos dejaran claro que no podría haberse hecho nada para evitar esta situación; los medios, como siempre, buscaban la forma de subir su cuota de audiencia sin importar las consecuencias.

Todo esto rondaba en la cabeza de Kiaran mientras leía por quinta vez el correo electrónico que tenía en la pantalla del ordenador. El mensaje era claro y conciso, como solían serlo todos aquellos enviados desde la central en Dublín, y si bien los felicitaban a ella y a su equipo por resolver el misterio del autobús desaparecido, el mensaje dejaba claro que la Garda estaba bajo un escrutinio constante y que esperaban que el siguiente caso se resolviese con mayor prontitud y sin hacer tanto ruido en los medios. Se leía entre líneas que alguien del Gobierno le estaba apretando las tuercas al comisario jefe de la isla.

Kiaran se llevó las manos a la cabeza mientras maldecía silenciosamente. ¿Cómo esperaban que cumpliese una orden así? ¡Ni que tuviera superpoderes para leer la mente de sospechosos y cerrar casos en un solo día!

Desde que ascendió para liderar el equipo de detectives de la región de Westmeath y sus alrededores, se acordaba mucho de su padre, policía retirado desde hacía unos años, quien, a pesar de ser poco dado a las palabras, le dio un consejo el día de su promoción del que no se olvidaba: «Cuídate de los políticos y de los hombres de letras».

Como era la pequeña de cinco hermanos y la única mujer, todavía tenía que aguantar burlas por parte de los mayores cada vez que se reunían para comer en familia; burlas que acababan con combates amistosos en el jardín de la casa multigeneracional de sus padres mientras se tomaban unas cervezas. Curiosamente, Kiaran era considerada una de las mejores en el cuerpo a cuerpo, por lo que sus hermanos no tenían piedad.

La mayoría de ellos trabajaban en el Ejército, así que ella era la única que había seguido los pasos de su padre al unirse a la Garda tan pronto como tuvo la oportunidad. Eso ocasionaba que la presión de superar los numerosos éxitos que su padre había cosechado a lo largo de su extensa carrera a veces la llevara a pensar que quizá debería haber escogido otra profesión.

Mientras daba vueltas a todo esto y a cómo garantizar que su próximo caso fuera un éxito asegurado, se llevó la mano al bolsillo y sacó la curiosa tarjeta negra que Mayordomo le había entregado hacía ya casi una semana. Era muy poco ortodoxo, y probablemente no le granjearía muchos amigos entre el resto de las comisarías, pero, qué diablos, ¿no querían resultados?, pues utilizaría lo que tuviera a su alcance para conseguirlos.

Se llevó el teléfono al oído y esperó hasta oír que descolgaban. El silencio le dio a entender que hablaba con la parte callada de la pareja, por lo que inició ella la conversación.

—Buenas tardes. —No obtuvo respuesta, y empezó a sentir que estaba hablando sola—. Soy Kiaran. Nos conocimos hace una semana durante la investigación del autobús desaparecido, donde su ayuda fue determinante para esclarecer los hechos. —Volvió a esperar una respuesta, pero la única indicación de que había alguien al otro lado de la línea era una respiración suave—. Me gustaría reunirme con ustedes de nuevo para discutir la posibilidad de una colaboración más estrecha de ahora en adelante.

—Está bien —respondió Mayordomo—, le enviaré el lugar de encuentro. —Y colgó sin darle la oportunidad de responder.

Kiaran colgó el teléfono contrariada. Se esperaba algo, no sé, diferente a lo que había obtenido. Quizá interés o un poco de alegría, algo que no le diera la impresión de haber hablado con una persona que ya sabía lo que quería pedirle desde un primer momento. Mientras pensaba en esto se dio cuenta de que no habían quedado en ningún sitio en concreto. ¿Qué era eso de enviarle el lugar de encuentro? ¿Adónde se lo iba a mandar?

La pregunta se contestó sola cuando le sonó una notificación en el teléfono móvil. Tenía un mensaje de texto con una dirección y una hora, pero sin fecha, por lo que asumió que era hoy. Buscó rápidamente la dirección en la aplicación de mapas y vio que el lugar de encuentro era la antigua iglesia de Ardnurcher, a las afueras del poblado de Horseleap. Estaba a unos a treinta y cinco minutos del pueblo, por lo que se tomó de un trago los restos del café ya frío de la mañana, cogió su chaqueta y salió de la comisaría.

La iglesia de Ardnurcher llevaba cerrada incluso desde antes de que la abuela de Kiaran naciera. Construida aproximadamente en la década de 1810, se diseñó con el fin de servir a todos los pueblos de la zona, pero no pasaron ni cien años antes de que los habitantes decidieran construir una nueva en pleno centro urbano. Aunque no había ningún documento escrito sobre los motivos del cierre, de las habladurías y los cuentos transmitidos de padres a hijos podía sacarse parte de su historia.

La iglesia se construyó sobre las ruinas de una abadía medieval, que gobernaba un pequeño pueblo del que ya solo quedan unas pocas ruinas en medio de un campo de ganado. De esa abadía queda hoy en día un edificio pequeño semiderruido que los ganaderos de la zona llevan utilizando como refugio para sus vacas y ovejas desde que tienen memoria.

La historia cuenta que su construcción estuvo plagada de desastres y desgracias desde el primer día, como derrumbes repentinos de zonas construidas apenas unos días antes o la muerte de uno de los capataces, que apareció una mañana debajo de una de las piedras enormes que debía de servir como parte de los cimientos de una de las alas del edificio.

Como era normal por aquella época, todo esto se atribuyó a agentes del mal. Para unos, el mismísimo diablo había maldecido el lugar. Para otros, todo esto se debía a hadas y duendes que querían evitar la construcción de un templo cristiano cerca de su reino. Nada tenía que ver que el terreno en el que se estaba construyendo la iglesia fuera inestable y semipantanoso, lo que ocasionaba los derrumbes, ni que el capataz debiera dinero a los obreros y se hubiera negado a pagar durante meses. Para el pueblo, la zona estaba maldita.

Al final, con mucho retraso y convicción por parte de representantes de la Iglesia, el edificio se terminó y se construyó una muralla para rodearlo, donde el obispo de la diócesis bendijo el terreno para que actuase como el cementerio del pueblo. Pocos años después, tras el invierno más lluvioso según la gente del lugar, el pueblo se despertó con docenas de ataúdes desperdigados por la ladera de la iglesia. Alguno incluso llegó a la calle principal.

Esa fue la gota que colmó el vaso. Tras intentar convencer sin éxito a los feligreses de continuar acudiendo al servicio en la iglesia, se decidió abandonar la zona, desconsagrar el terreno y mover el cementerio a la otra punta del pueblo. Atrás quedaron las lápidas, la iglesia y la muralla.

Kiaran llegó al lugar acordado y aparcó fuera del terreno del viejo edificio. Aún seguía en pie, y estaba claro que alguien se encargaba de mantenerlo limpio y de una pieza, pero todo mostraba signos de abandono: lápidas semihundidas que nadie había limpiado en décadas, césped que en algunos lugares llegaba hasta la cintura y andamios oxidados apilados en un lateral de la iglesia, de uno de los muchos intentos fallidos de restauración del Gobierno local.

Sentado en un banco se encontraba Hayden, leyendo un cómic. Detrás de él estaba Mayordomo, con la mirada fija en la única entrada al terreno, por donde ahora caminaba ella. En una mano tenía lo que parecían ser un montón de cómics; Kiaran asumió que eran para que su protegido los fuera intercambiando por los que se leía.

Llegó frente a la extraña pareja y, después de recibir un asentimiento como permiso por parte de Mayordomo, se sentó en el banco junto a Hayden.

—Buenas tardes, detective —dijo Hayden sin levantar la vista del cómic que estaba leyendo—. ¿A qué debo esta visita?

—Muchas gracias por acceder a reuniros conmigo. —Kiaran carraspeó para aclararse la garganta—. Entiendo que es probable que tengáis cosas más importantes que hacer, pero me gustaría hablar de la posibilidad de colaborar más estrechamente en futuros casos.

Hayden dejó de leer el cómic, que entregó a Mayordomo, y levantó la vista para fijarse en Kiaran.

—¿Qué quiere exactamente de mí? —contestó a la detective—. No soy policía y no tengo intención de empezar a vestir de uniforme a mi edad —dijo con una sonrisa—. Además, no creo que el resto de su equipo estuviera muy cómodo a mi lado.

—Me gustaría que fuera mi consultor. —Un silencio siguió a esta declaración, que Kiaran entendió como una negativa, por lo que se apresuró a continuar—: Obviamente, sería un trabajo pagado, con una buena compensación.

—Me temo que no —contestó Hayden.

—¿No? ¿A qué en concreto? —preguntó Kiaran—. Si es una cuestión económica, estoy segura de que podremos llegar a un acuerdo.

—Me temo que no me he expresado bien, detective —la interrumpió Hayden—. No puedo cobrar por este trabajo. Eso significaría estar atado a tener que hacer o cumplir con ciertas obligaciones, y yo no estoy dispuesto a coartar mi libertad bajo ningún concepto.

—¿Trabajaría gratis? —Kiaran no pudo ocultar su incredulidad. Lo lógico y normal sería cobrar por los servicios prestados.

—Con una condición. —Hayden levantó un dedo—. Trabajo en los casos que yo quiera y tengo acceso a las escenas del crimen. Nada de tenerme en una sala esperando y leyendo documentos. Iré donde el encargado de la investigación vaya. Además —continuó—, mi nombre no aparecerá en ningún documento ni rueda de prensa. Seré un ayudante anónimo.

Kiaran se quedó en silencio mientras pensaba en las condiciones. Hayden había demostrado tener una visión del todo diferente a la de un detective tradicional, lo que en definitiva había ayudado a resolver un caso extremadamente complicado. Si pudiese utilizar esa mente tan especial en casos a simple vista imposibles de resolver alrededor de toda la isla, podría ayudar a mejorar la percepción que tiene el público de la policía, además de mejorar el ratio de casos resueltos, claro.

—Pero… ¿por qué harías esto gratis? —Kiaran aún le buscaba tres pies al gato, ya que el acuerdo era demasiado bueno para ser cierto.

—Es algo que tengo que hacer —contestó Hayden, que levantó la mirada para fijarse en Mayordomo, quien asintió—.

Además, me dará una excusa para salir de casa y evitar aburrirme. —Volvió a sonreír de forma impertinente.

Kiaran extendió la mano para estrechar la de Hayden y este miró a Mayordomo, quien apretó la mano de la detective sin reparos.

A lo largo de los siguientes meses, Hayden se vería involucrado en un montón de casos, desde robos inexplicables hasta desapariciones y un asesinato. Cuando la jefatura de la policía irlandesa no tenía forma alguna de continuar con una investigación y había agotado todos sus recursos, utilizaba a Hayden, la carta que ninguno de ellos quería usar, pero que consideraban un mal necesario para poder cerrar casos que de otra forma se mantendrían abiertos para siempre.

Hayden carecía de amigos entre la policía. Parecía que a nadie, salvo a Kiaran, le gustaba tenerlo cerca: la noción desfasada de disponer de mayordomo, unida a un tono de voz que daba a entender que siempre estaba aburrido, generaba un sentimiento de rechazo inmediato en el cuerpo de la policía irlandesa, donde veían a Hayden como un niño malcriado con mucho dinero en busca de nuevas formas de no aburrirse.

Pero siempre lo llamaban cuando las cosas se ponían difíciles.

Arte 1

Me levanto después de un sueño de más de doce horas. No había descansado así desde hacía mucho tiempo. Estos últimos días han sido agotadores en el trabajo, por lo que no me ha despertado ni la alarma que dejé preparada ayer por la noche.

Me desperezo y giro la cabeza para observar a mi acompañante de anoche, que, inmóvil y con los ojos cerrados, parece descansar apaciblemente. Solo si alguien se fija detenidamente en la ausencia de respiración y la palidez de su piel se dará cuenta de que lleva muerto desde la noche anterior.

Salgo de la habitación camino al baño y preparo la ducha. Siempre me ha gustado el aseo de esta casa, tan blanco y limpio; parece sacado de una película de Hollywood. Vuelvo al cuarto y recojo las jarras que dejé preparadas ayer por la noche junto a la cama. Las llevo al baño y las dejo junto a la puerta de la ducha. La luz del día se ve reflejada en su contenido rojo y resplandeciente.

Siempre me ha sorprendido la cantidad de sangre que tiene el cuerpo humano en su interior. En las películas de acción y de terror exageran, haciendo creer a la audiencia que una persona tiene suficiente sangre como para llenar una bañera, algo muy lejos de la realidad.

Todo lo que era mi acompañante de anoche se reduce en apenas seis litros de sangre, que he recogido en estas jarras que ahora rodean la ducha.

Me quito la ropa interior y me meto con una de las jarras. La levanto sobre la cabeza y vierto poco a poco su contenido sobre mí, asegurándome de restregarlo por todo el cuerpo. Repito la operación con el resto de las jarras y siento que cuanto era él me rodea y se funde conmigo como si fuéramos un único ser.

Me ducho, me visto y salgo del apartamento. Tengo una cita.

5

El viaje de vuelta a casa se hizo tan tedioso como siempre que terminaba un caso. Reclinado en los asientos de detrás del viejo Rolls Royce Silver Shadow que lo había acompañado en todos y cada uno de sus viajes desde que tenía uso de razón, Hayden se dedicó a contar por enésima vez las costuras del cuero que cubría el interior; todavía no había hecho un viaje lo suficientemente largo como para terminar de contar todas y cada una de ellas. Tras llegar al número 1.743, el teléfono del interior del coche comenzó a sonar.

Como se trataba de un vehículo muy antiguo, el teléfono era un añadido relativamente actual, pero seguía siendo algo fuera de lo común si tenemos en cuenta que era de cable enrollado, muy lejos de los actuales inalámbricos. Había que deslizar uno de los reposabrazos para sacarlo, y tenía un aire de película de espías antigua. Este era uno de los motivos por los que Hayden creía que Mayordomo no había cambiado el coche en los largos años que llevaba sirviendo a su familia. Secretamente era fan de las películas de James Bond, y el vehículo guardaba un gran parecido con el de la película *Desde Rusia con amor*.

Después de dejar que sonaran tres largos tonos y tras un gesto con la cabeza de Mayordomo en la parte delantera haciéndole entender a Hayden que debía contestar él mismo, pues estaba conduciendo, descolgó.

—Me pregunto cómo es que siempre encuentras la forma de llamar justo cuando hemos terminado un caso y nos dirigimos a casa. ¿Acaso nos estás vigilando? —Si bien el tono de voz de Hayden era cortés y contenía el humor justo como para no resultar maleducado, su acusación velada no pasaría desapercibida a quien se encontrase al otro lado del teléfono. Sabía perfectamente que todos sus movimientos fuera de casa eran vigilados muy de cerca.

—Me temo que no entiendo a qué se refiere —contestó una voz grave con una tonalidad perfectamente neutra que escondía los pensamientos de la persona que estaba al otro lado de la línea.

—Le contactamos para darle la enhorabuena por resolver el caso de la estatua desaparecida, además de para ofrecerle un posible nuevo caso. —La voz se quedó en silencio, esperando la respuesta de Hayden.

—Me temo que esta vez voy a pasar —contestó con tono de aburrimiento—. Este último caso me ha dejado exhausto, por lo que creo que necesito descansar un poco y recuperar energías. Quizá el siguiente. Pero muchas gracias por la invitación. —Sin esperar respuesta, colgó el teléfono y volvió a reclinarse en los cómodos asientos del coche.

En la parte delantera, Mayordomo movió el retrovisor interior para dirigirle una mirada de desaprobación, a la que Hayden contestó encogiéndose de hombros.

—No está de más que trabajen un poco su educación. Parece que siempre estamos a su disposición. —Se cruzó de brazos mientras Mayordomo continuaba con la misma expresión acusatoria—. No me mires así. ¿Y si tengo planes para este fin de semana?

La mirada de Mayordomo cambió de la acusación a la incredulidad, y movió de vuelta el espejo retrovisor para prestar atención a la carretera.

—Tampoco tienes que ser grosero... —dijo, y volvió a abstraerse en el paisaje mientras el coche atravesaba la campiña irlandesa.

Lo bueno de Irlanda, para aquellos que se ven obligados a viajar a diario por trabajo, es que puedes recorrerte la isla de un lado a otro en coche en menos de tres horas en línea recta. Esto si lo que quieres es viajar a las ciudades principales, ya que gracias al caos de las carreteras comarcales de la isla llegar a algunos pueblos puede llevarte varias horas más de las que imaginas.

A veinte minutos de la autopista y al norte de Athlone, la ciudad situada literalmente en el medio de Irlanda, se encuentra Glassan, que traducido del irlandés significa el «Pueblo de las Rosas». De cara a la galería es como cualquier otro pueblo irlandés, con poca historia más allá de unos cuantos tiroteos en la guerra civil y un poeta que se marchó de allí en cuanto cumplió la mayoría de edad. Nada más lejos de la realidad.

Establecido en la década de 1740, el pueblo se creó con el único propósito de servir a la casa inglesa de los Waterson, que construyeron su mansión y se instalaron en la zona como administradores de toda la provincia de Leinster en nombre del Imperio británico.

A lo largo de varias décadas, los diferentes herederos del título familiar trabajaron en la zona para convertirla en una de las gemas más apreciadas de Irlanda. Con tierras fértiles, el lago más grande de Irlanda a sus faldas y siendo generosos con los granjeros a su cargo, fue en torno a la década de 1820 cuando Glassan pasó a ser conocido como el Pueblo de las Rosas, y disfrutó de un sinfín de visitas de diferentes nobles ingleses que gozaban de la cercanía del lago Ree y su clima, algo más cálido en los meses de verano.

Pero no era oro todo lo que relucía. Como si de una maldición se tratase, ninguno de los herederos Waterson nacidos en la casa tuvieron una vida fácil o longeva. Desde macabros accidentes hasta desapariciones, lo que durante generaciones fue una familia de tamaño considerable en la isla británica acabó por depender de un único heredero en Irlanda, que, una vez casado y con un hijo en camino, sufrió un accidente de caza que lo dejó ciego de ambos ojos. Este incidente, unido a la crisis agrícola que asoló el país, dejó a la familia completamente arruinada y al borde de la extinción.

Con la cabezonería propia de una familia noble inglesa y a pesar de estar ciego, el honorable Nilah Waterson se propuso convertir parte de sus tierras en una escuela secular para mujeres, un sitio donde todo noble inglés enviase a sus hijas para recibir una educación ejemplar. Cumpliendo con lo que ya empezaba a ser conocido como la maldición de los Waterson, justo cuando la familia comenzaba a levantar cabeza, estalló la guerra civil irlandesa en 1922, que trajo como consecuencia directa la quema de la mansión y sus terrenos, así como la muerte accidental de Nilah, que falleció en medio del fuego porque su corazón no pudo hacer frente a ver arder todo por lo que su familia había trabajado tanto.

Tras esto, la viuda Waterson y el entonces infante heredero de la familia partieron de vuelta a Inglaterra, donde se establecieron en una de las casas familiares y, junto con el resto de la nobleza inglesa de la época, se fueron poco a poco mezclando con mercaderes que traían riqueza y anhelaban un título nobiliario. Hoy en día no queda nadie que pueda reclamar el título de los Waterson.

Después de la quema de la mansión y la desaparición de la familia, el Gobierno irlandés pasó a ser el dueño de las tierras que rodeaban el lago Ree, y si bien la mayoría de las tierras de labranza fueron vendidas o cedidas a granjeros y soldados una vez finalizó la guerra civil, unas pocas hectáreas, entre las que se incluían las ruinas de la mansión, se entregaron en silencio a una familia adinerada, que sin hacer mucho ruido reconstruyó el viejo edificio y levantó un muro para rodear su terreno.

En el pueblo hay infinidad de habladurías y teorías sobre la procedencia de la familia, pero apenas saben nada de ellos, más allá de que actualmente solo vive una persona en la mansión, junto con un séquito de sirvientes que mantienen las tierras y el edificio en perfecto estado.

Este era el hogar al que volvía ahora Hayden, donde nació, creció y de donde solo sale cuando el teléfono suena y una amable voz le pide ayuda para solucionar un caso.

Tras aparcar el coche en el patio interior de la mansión y esperar a que Mayordomo le abriese la puerta, ambos se dirigieron al interior del edificio, donde Hayden se tumbó sobre uno de los enormes sofás que decoraban una amplia estancia a la que él solía llamar, con cierta sorna, su «salita de estar», si es que podía definirse así una habitación más grande que un apartamento unifamiliar.

Rodeado por bustos de diferentes animales disecados colgados en las paredes de piedra desnuda, alfombras que cubrían el suelo de madera, infinidad de libros en estanterías que rodeaban la sala y una chimenea moderna transparente con varios sofás de cuero a su alrededor, cualquier visitante confundiría la salita con la base del malo de turno de una película. Toda la mansión era un testimonio viviente del exceso. Y más si se tenía en cuenta que los únicos habitantes permanentes eran Mayordomo y Hayden, ya que el pequeño grupo de sirvientes trabajaban durante el día en la casa y volvían a su hogar por las noches.

Hayden buscó el mando por el sofá y, tras apuntar a lo que parecía una pared semivacía, una pantalla de cine se desplegó desde arriba y el sonido de las noticias envolvió la sala. Hayden bajó un poco el volumen, cogió una de las novelas que había sobre una de las mesitas cerca del sofá y se dispuso a leer con las noticias de fondo. De Mayordomo no había rastro, y pensó que estaría asegurándose de que todas las tareas del resto de los sirvientes se hubieran completado antes de que estos regresaran a su hogar a pasar el fin de semana.

Mientras se centraba en la novela que tenía en las manos, en la pantalla de cine una reportera informaba desde el centro de Dublín; tan pronto como las palabras «asesinato» y «misterio» llegaron a sus oídos dejó de lado el libro y prestó atención a las noticias.

«Continúa la investigación de la misteriosa muerte del compositor inglés Charles Diggery, cuyo cuerpo ha sido encontrado esta mañana por los servicios de limpieza del hotel Merrion en Dublín. Nuestras fuentes confirman que el compositor se registró en solitario en el hotel y que su cuerpo se encontró sin una sola gota de sangre. Eso da a entender que su muerte puede estar relacionada con la de Olga Nóvikov, actriz de teatro recientemente galardonada con el premio a mejor actriz en los IFTA gracias a su papel de Hipólita en la obra de William Shakespeare *El sueño de una noche de verano*. Su cuerpo fue encontrado hace unas semanas sin una gota de sangre. Por el momento, las autoridades no han dado más información».

Hayden apagó la televisión, se levantó del sofá y, antes de salir de la salita de estar, Mayordomo ya estaba esperándolo con un teléfono, esta vez moderno e inalámbrico, sobre una bandeja de plata.

—A veces me asustas —dijo mirándolo fijamente, y aquel le devolvió la mirada fingiendo una total indiferencia.

Hayden, un chico de pocas palabras, podía contar con los dedos de una mano las veces que había oído hablar a Mayordomo con él en los últimos años. Después de tanto tiempo juntos, las palabras eran innecesarias en la mayoría de los casos.

Cogió el teléfono, se lo llevó a la oreja y supo de inmediato quién se encontraba al otro lado y qué quería de él.

—Tenéis mi interés. ¿En qué comisaría está el grupo de trabajo?

6

—Nos complace saber que acepta el caso, mister Cárthaigh —dijo la voz al otro lado del teléfono—. Mayordomo le entregará un dosier con todo lo que sabemos hasta el momento. Por favor, tenga en cuenta que, debido a naturaleza de la investigación, la información disponible no es especialmente cuantiosa. —Un pequeño silencio siguió a esta última frase—. Confiamos en que continúe desempeñándose de forma tan notable como hasta el momento.

Hayden se enorgullecía de tener una memoria casi perfecta; recordaba prácticamente todo lo ocurrido en su vida desde muy temprana edad, como el primer caso en el que le pidieron su ayuda: un robo de una joya familiar en una vivienda de Mullingar, algo nimio que ayudó a resolver en pocas horas.

Aunque pareciera un cliché, el ladrón era uno de los propios familiares, que, después de perder todo su patrimonio en casinos de Dublín, había decidido que era una buena idea hacer desaparecer una de las joyas más importantes de la familia para cobrar el seguro. Hayden solo tuvo que investigar los movimientos económicos de todos los miembros de pasada para descubrir al más que posible sospechoso, y este cantó en cuanto la policía lo presionó un poquito.

Tras solucionar unos pocos casos similares en un corto espacio de tiempo, se ganó la confianza de algunos de los departamentos de policía, por lo que su presencia, si bien no siempre era bienvenida, pasó a ser aceptada. Todos los capitanes a cargo de las diferentes provincias irlandesas sabían que, si aparecía en una de sus comisarías, tenían que dejarle hacer.

Por lo que él sabía, su ayuda a la policía estaba relacionada con la deuda que tenía su familia con el país, y una tradición que había pasado de padres a hijos desde hacía muchas generaciones, o eso le decía Mayordomo. Tal y como había mencionado a Kiaran cuando le ofreció el puesto de consultor, era algo que debía hacer. Le frustraba y enfadaba a partes iguales no haber tenido voz ni voto a la hora de decidir si ayudar o no, pero saber que era una obligación heredada de sus padres hacía las cosas mucho más fáciles.

Por lo menos estos casos le daban un entretenimiento y un propósito que el día a día le escondía. Había probado de todo, desde estudiar hasta escribir un libro, y nada parecía llenarlo. No importaba la carrera que estudiase: su excepcional memoria hacía todo demasiado fácil. Reconocía que los trabajos manuales le habían entretenido algo más, pero una vez pasada la novedad de aprender una nueva habilidad el aburrimiento volvía rápidamente a su vida.

Tras recoger el sobre que llevaba Mayordomo en la otra mano, volvió al sofá y volcó su contenido sobre la mesita de salón que tenía delante. Como siempre que recibía un caso, la información aparecía resumida en el primer documento, al que acompañaban fotos de dos escenas del crimen diferentes. Se reclinó y se puso a leer.

El primer asesinato, el de la actriz Olga Nóvikov, ocurrió en torno a un mes atrás en Cork, una de las tres ciudades más grandes de la isla. Habían encontrado su cuerpo en el apartamento que tenía alquilado junto al Mercado Inglés, una de las zonas más emblemáticas y antiguas de la ciudad.

Al igual que con Dublín y Galway, pero en menor medida, Cork es una de las ciudades principales de la isla y, junto con las otras dos, el lugar donde la mayoría de los turistas y estudiantes internacionales aterriza buscando vivir la experiencia irlandesa de su vida.

Pero, a diferencia de aquellas, Cork es mayoritariamente una ciudad universitaria, por lo que las fiestas, los artistas y la vida bohemia tienen más importancia que el turismo. En esta ciudad los turistas son bienvenidos, pero las noches pertenecen a los estudiantes, que abarrotan los pubs y discotecas, aprovechando que muchos de ellos están lejos de su familia.

Situada justo en el interior de la costa sudoeste de Irlanda, Cork tiene mucha historia, pero la mayoría solo la conoce por encima y omite de forma quizá involuntaria las partes más oscuras. Por ejemplo, si preguntas a cualquiera de los historiadores de la universidad por la cárcel de Cork, lo más seguro es que solo cuenten que era el lugar donde encerraban a algunos de los criminales más peligrosos de la isla, omitiendo que era también desde donde luego exportaban a esos mismos presos a Australia y otros países como mano de obra esclava.

También evitarán hablar sobre la historia del ahora modernizado hospital central, que antes era el mayor centro psiquiátrico del país, donde experimentaban con pacientes para intentar curarlos de sus males. La terapia electroconvulsiva se utilizó ampliamente hasta bien entrada la década de los noventa, y tras varias muertes difíciles de explicar, el hospital cerró en 2002.

El Gobierno ha trabajado muy duro para enterrar ese pasado oscuro, y ahora es conocida como la ciudad de las artes, donde personas reconocidas, como la actriz Olga Nóvikov, viajan en busca de inspiración y de mentes similares con las que mezclarse y relacionarse.

Este primer informe no tenía demasiados detalles, más allá de cómo se descubrió el cadáver y los pasos que se habían seguido después.

La pareja de Olga, el reconocido productor de cine Eoin Quigley, volvía a su domicilio desde el aeropuerto tras haber pasado dos semanas trabajando en la nueva temporada de una serie en Inglaterra y, al entrar en el apartamento que compartían, encontró a su pareja sobre la cama y pensó que se estaba echando una siesta temprana. Fue al acercarse para despertarla cuando se dio cuenta de la palidez de su piel y del olor que desprendía. Llamó con urgencia al hospital y en nada se presentó una ambulancia, que lo único que pudo hacer fue confirmar su fallecimiento. Llevaba muerta cuarenta y ocho horas.

En un primer momento nadie pensó que hubiera juego sucio. El cuerpo de la actriz, en pijama, estaba tumbado sobre la cama, y las primeras pesquisas dieron por hecho una muerte natural, extraña quizá dada su juventud, aunque nada que no se hubiera visto con anterioridad entre gente que lleva una vida llena de excesos. Pero al trasladarla a la morgue se dieron cuenta de los dos pinchazos que tenía a ambos lados del cuello y de la total ausencia de sangre en su cuerpo.

Entonces los enfermeros cancelaron el levantamiento del cuerpo y llamaron a la policía, que se presentó allí inmediatamente. La muerte de una personalidad de la ciudad era algo que necesitaba solucionarse de forma rápida y lo más discreta posible, por lo que, una vez confirmada la posibilidad de que fuera un asesinato, se acordonó toda la zona y se envió el cuerpo al departamento forense de Cork para un análisis de urgencia.

Cabe decir sobre la Garda que prácticamente ninguno de sus miembros está armado, y confían en sus porras y sus Taser para hacer su trabajo. El cuerpo tiene la idea de que si ellos no están armados con pistolas, los criminales tampoco lo estarán. Los únicos que llevan una reglamentaria son los detectives de homicidios.

La autopsia fue clara desde el primer momento: Olga falleció desangrada después de ser drogada con un potente tranquilizante. El asesino introdujo dos objetos punzantes en las arterias carótidas izquierda y derecha del cuello de la actriz, que se desangró en un periodo de unos sesenta minutos aproximadamente.

Hayden se imaginó la pregunta que cruzaría la mente de la policía una vez se supo la causa de la muerte: ¿dónde estaba toda la sangre desaparecida?

Eoin, la pareja de Olga, fue descartado como sospechoso debido a que ni siquiera se encontraba en la isla cuando se cometió el asesinato, pero lo sometieron a un interrogatorio exhaustivo por si sabía algo útil que sirviese para esclarecer lo ocurrido. Basándose en sus declaraciones, Olga no estaba teniendo una aventura, y solía organizar fiestas en casa con diferentes músicos y artistas de la ciudad.

A partir de ahí se perdía toda pista. Nadie sabía nada, ninguno de los vecinos la vio con alguien extraño ni oyó ningún ruido la noche de su asesinato; sus amistades más cercanas no sabían de nadie que pudiera haberle hecho algo así y confirmaron que estaba en una relación monógama con Eoin, por muy raro que les pareciese debido a la fama de libertino que tenía el productor.

Hayden dejó este primer informe a un lado y cogió el más reciente, que tan solo tenía unas pocas líneas con lo que habían conseguido recopilar en las pocas horas desde el descubrimiento del cadáver de Charles Diggery.

Este, conocido mundialmente como un genio musical cuyas composiciones se habían utilizado en varias superproducciones de Hollywood, estuvo llamado a la grandeza desde joven.

Venía de una familia humilde, pero un cazatalentos lo descubrió a los seis años en un centro comercial mientras tocaba una canción de Beethoven en un piano desafinado. Tras investigar y ver que el joven no había tenido educación musical alguna y todo lo hacía de oído, decidió invertir en su educación y llevárselo a Inglaterra, donde pasó diez años estudiando sin descanso con algunos de los mejores profesores de música del mundo.

La apuesta le salió rodada al ahora agente principal de Charles, que en pocos años pasó a ser un referente musical y compuso la banda sonora de dos películas ganadoras de premios Oscar. Tras el último trabajo en una superproducción, decidió trasladarse de vuelta a Irlanda para descansar un poco y continuar componiendo desde una casa en la costa del norte de Dublín, donde tendría privacidad y trabajaría sin presiones.

El cuerpo lo encontró el servicio de limpieza del Merrion, en Dublín, uno de los hoteles de lujo del centro de la capital y el preferido por prácticamente cualquier famoso que pasara por la ciudad. Cuando alguna estrella de cine o de televisión tenía que trabajar en la capital, los medios de comunicación daban por hecho que se alojaría allí.

No solo por el lujo y el renombre de su restaurante de dos estrellas Michelin, sino por su compromiso con la discreción y el bienestar de sus huéspedes de más renombre. Se conocía a más de un famoso que pernoctaba en el hotel de forma continuada porque sabía que era la única manera de que los medios no se enterasen de sus numerosas aventuras.

Al igual que con Olga Nóvikov, el servicio de limpieza pensó que estaba dormido, ya que se encontraba en la cama en una postura de descanso y semicubierto por una sábana. Cuando lo llamó repetidamente y vio que no reaccionaba, la señora de la limpieza avisó de inmediato a la ambulancia.

Los enfermeros solo pudieron confirmar el fallecimiento del compositor, y una vez que la policía se presentó y vio las marcas en ambos lados del cuello y la palidez del cuerpo, delimitaron la escena del crimen y enviaron el cadáver a la morgue, donde aún estaban esperando a recibir los resultados de la autopsia. Más allá de la información que de alguna forma se había filtrado a los medios de comunicación, la policía no tenía ni la más remota idea de a qué se enfrentaban.

Hayden puso las fotos de ambas escenas del crimen sobre la mesa y las observó con detenimiento. Ambos cuerpos estaban en una posición de descanso, y si la autopsia de Charles confirmaba lo que Hayden sospechaba, encontrarían en su sistema el mismo tipo de tranquilizante con el que el asesino había dormido a Olga. Aparte de eso y de que ninguno tenía ni una gota de sangre dentro, las similitudes aparentemente acababan ahí. No eran del mismo rango de edad, sus profesiones eran diferentes e incluso su género era distinto. Tendría que analizar e investigar si había alguna conexión entre ambos, pero su instinto le decía que no, que este caso era algo más que unos asesinatos inconexos.

La última hoja del informe mostraba la dirección del grupo de trabajo encargado de la investigación.

Estos grupos de trabajo los formaba la comisaría a cargo de la investigación, y se les dotaba de personal y presupuesto en función de sus necesidades. La idea era asignar personal de diferentes comisarías de todo el país para promover el trabajo en equipo y plasmar ideas frescas en la pizarra. La teoría de poner a detectives de diferentes zonas juntos era buena, pero en la práctica hacía que el equipo tardase mucho más en empezar a funcionar correctamente, y en la actualidad se discutía si había que crear equipos permanentes.

De un simple vistazo vio que estaba ubicado en la comisaría de Athlone una vez más. Esto era algo más común de lo que parecía, ya que, como la ciudad estaba situada en medio de Irlanda, era perfecta para moverse rápidamente de un extremo a otro de la isla en el caso de ser necesario. Además, evitaba que los medios de comunicación se atrincherasen en la entrada. Pocos llegaban a saber que la mayoría de los casos de alto nivel del país se investigaban en la campiña.

Con una energía que no sentía desde hacía bastante tiempo, Hayden levantó la vista y sonrió a Mayordomo.

—Prepara el chocolate, mañana por la mañana nos marchamos a Athlone.

Mayordomo, por su parte, se levantó sin decir palabra y salió por la puerta de la salita en dirección a la cocina, esbozando una sonrisa invisible para Hayden, que volvía a estar enfrascado en los documentos que tenía delante.

7

La mañana llegó temprano para los únicos habitantes de la casa, y para cuando Hayden se desperezó del sofá en el que había pasado la noche leyendo una y otra vez los informes hasta memorizarlos palabra por palabra, Mayordomo ya había preparado el coche y todo lo que consideraba necesario para asegurar el bienestar del maestro.

Con una energía que solo tenía cada vez que surgía un caso que le llamaba la atención, Hayden se terminó de levantar y se dirigió a la entrada, pero algo lo detuvo.

—Ejem —le dijo firmemente Mayordomo antes de cruzar el umbral que lo llevaría al aparcamiento.

Se dio la vuelta y se encontró con aquel hombre mayor, que lo miró severamente mientras le entregaba ropa recién lavada y planchada.

—¡No tenemos tiempo para andarnos con duchas! —respondió Hayden—. Si lo invertimos en esto, el asesino nos llevará ventaja…

Mayordomo no se movió ni un ápice y esperó a que Hayden cogiera la ropa y fuera a uno de los numerosos baños de la mansión. Este, con expresión derrotada, hizo un mohín, se la quitó y se dirigió al baño.

—¡Vivo en una prisión administrada por un hombre cruel y malvado! ¿Dónde estará aquel que me salve de este calvario? —gritó por el camino, pero Mayordomo lo miró con indiferencia.

Quince minutos más tarde, duchado, vestido y afeitado, Hayden se introdujo en el coche y ambos se pusieron en camino a Athlone. Es la ciudad principal de la provincia de Westmeath y está ubicada en el centro de Irlanda, por donde pasan todos los vehículos que quieren recorrer la isla de una punta a otra. De cara al Gobierno, es un punto a salvo entre Dublín y Galway para que los turistas descansen y hagan una parada antes de llegar a su destino.

Por allí pasa el río Shannon, que viene del lago Ree y recorre toda la ciudad, rodeando el edificio más antiguo, su castillo, donde se desarrollaron algunas de las batallas más sangrientas de la guerra civil irlandesa.

Como está situada en el centro de la isla, es la ciudad con mayor presencia policial si no contamos Dublín, y en su comisaría se investigan casi todos los crímenes que se cometen en la campiña irlandesa. Es mucho más sencillo moverse de un lado a otro si el centro de mando está ubicado a medio camino de todas partes.

Como cada sábado, Athlone era un hervidero de actividad, ya que ese día de la semana los granjeros locales traían sus productos a los diferentes mercados callejeros que se situaban en las principales vías de la ciudad. Mayordomo, que conocía estas calles como la palma de su mano, recorrió sus calzadas hasta llegar a su objetivo, la comisaría de Athlone.

Era un edificio de ladrillo rojo de forma rectangular, de dos pisos de altura y más ventanas de las necesarias. Contaba con una sola entrada principal para miembros del cuerpo y el resto de los ciudadanos, además de otra por donde entraban los coches, que se cerraba con una valla automática para evitar posibles robos nocturnos. Varias cámaras de seguridad cubrían cada esquina del edificio, pero el equipo ya estaba viejo y necesitaba una renovación.

Una de las cosas de la comisaría que llamaba la atención de cualquiera que tuviera el dudoso privilegio de entrar al patio interno del edificio era el monumento de piedra que presidía el centro.

A ojos ajenos parecía un simple obelisco de piedra con un montón de líneas horizontales y cuatro verticales talladas con un cincel, pero era sin lugar a dudas uno de los monumentos más antiguos de Irlanda, que hablaba de una época ya casi olvidada. A su alrededor había un pequeño camino y un banco donde cualquier policía que lo necesitase podía sentarse a tomar el aire y descansar un poco.

El monumento era un *ogham*, que, si lo que dice la leyenda es cierto, era la forma que tenían de comunicarse los druidas o los hombres sabios irlandeses para evitar que aquellos no iniciados en el druidismo o en la cultura celta les robaran sus secretos. Este alfabeto se utilizaba para dejar por escrito técnicas y conocimientos con el fin de que no se olvidasen.

Se podía leer de arriba abajo y constaba de una línea vertical y varias horizontales agrupadas entre sí que forman una letra.

De todos los encontrados en Irlanda, este era sin duda uno de los más especiales, ya que, en vez de mostrar un nombre, instrucciones o la localización de una tumba, tan solo decía lo siguiente: DÚN DO SHÚILE INA LÁTHAIR, que significa «Ante su presencia, cierra los ojos».

Estas crípticas palabras calaron hondo en los primeros habitantes de Athlone, y desde que se tiene uso de razón cualquiera que pasa por delante cierra los ojos, no sea que vaya a atraer la mala suerte.

Resultaba curioso que la comisaría se hubiera construido a su alrededor, y más teniendo en cuenta que la labor de la policía es mantener los ojos bien abiertos a lo que ocurre en su entorno. Según la creencia popular extendida entre el personal, la piedra era un recordatorio para los policías de que tenían que dedicarse a observar todo con detenimiento en busca de la verdad, sin importar cómo de terrible fuera.

Mayordomo aparcó en el garaje interior, salió para abrirle la puerta a Hayden y se colgó al hombro la mochila con lo empaquetado en la mansión. Juntos entraron por la puerta del aparcamiento, saludaron con la cabeza al guardia encargado de atender al público, pasaron su identificación por el lector de seguridad y se encaminaron al segundo piso del edificio, donde estaba el departamento de homicidios. Las identificaciones que Mayordomo llevaba consigo eran otro de los misterios que Hayden prefería ignorar, ya que a cualquier tipo de pregunta al respecto solo obtendría un gruñido por respuesta. Lo único que sabía era que, cada vez que las mostraba, accedían a cualquier edificio del Gobierno sin que les hicieran pregunta alguna.

Su entrada en el departamento de homicidios no pasó desapercibida, y nada más adentrarse una cara conocida se acercó rápidamente a ellos. Era la detective Kiaran.

Cuando llegó el turno de saludar a Hayden, se situó a una distancia prudente para no tocarlo y saludó con la mano. Aparte de Mayordomo, no permitía que nadie lo tocase. No era por ser misofóbico o similar, simplemente no le gustaba que la gente invadiera su espacio vital; Kiaran lo sabía y por eso eludió el contacto físico.

—¡Bienvenido de nuevo a la comisaría de Athlone! Muchas gracias por acceder a echarnos una mano. Si somos sinceros, estamos completamente perdidos y no tenemos ni idea de cómo proceder.

Hayden agradeció el gesto de no acercarse demasiado.

—No me sorprende que estén perdidos —respondió él mientras se dirigía al centro de la sala, donde el equipo había situado una pizarra blanca sobre la que estaban pegadas con imanes todas las pistas y teorías con las que el equipo estaba trabajando.

Mayordomo dirigió una mirada de disculpa a Kiaran, a la que esta respondió encogiendo los hombros. Después de haber trabajado con Hayden anteriormente, sabía que sus maneras no eran las correctas, pero que no era nada personal; solo se mostraba muy directo y honesto, y no se paraba a pensar en los sentimientos de los demás.

—Necesito hablar con las personas que encontraron ambos cuerpos —comenzó a decir Hayden mientras un pequeño grupo de policías lo rodeaba. Algunos preguntaron por la procedencia de ese tío vestido con una camiseta de Iron Maiden, pero Kiaran los tranquilizó y empezaron a prestar atención.

—Por el momento no nos ha sido posible hablar con Eoin, el marido de Olga. Está «demasiado ocupado», según sus palabras. Nos refirió a su secretaria, con quien sí hemos dado, y nos está esperando en una de nuestras salas de interrogatorios. —Kiaran señaló una de las salas en un lateral del piso.

—¿En qué nos podría beneficiar hablar con ella? —contestó Hayden—. Necesitamos hablar con Eoin. ¿No podríamos traerlo a la fuerza o bajo algún otro pretexto?

—¿Sobre qué base podríamos hacer algo así? —le dijo ella con toda la amabilidad del mundo.

—No lo sé. —Se encogió de hombros—. Vosotros sois la fuerza del Estado. Me imaginaba que alguna excusa se os ocurriría. —Se encaminó a la sala de interrogatorios. Detrás se quedó el grupo de policías discutiendo el caso.

En la sala, sentada en una silla de metal frente a una mesa de madera, los esperaba la asistente de Eoin.

Tenía el pelo muy largo, de color castaño y recogido en una trenza que terminaba dentro de la chaqueta vaquera que llevaba puesta, y unos ojos enormes de color azul claro y mirada gélida escondidos detrás de unas gafas de pasta. Iba con unos pantalones anchos de color marrón manchados con pintura que escondían su figura. Por su forma de vestir, Hayden asumió que la joven pedía a gritos pasar desapercibida. Levantó la mirada al ver que alguien entraba en la sala, pero la agachó enseguida una vez que se dio cuenta de que Hayden la miraba fijamente.

Este se sentó en una de las sillas frente a la mujer, mientras que Mayordomo se situó a su espalda.

Kiaran se acercó a la mesa y, tras hacerle una seña con la mano a Hayden para darle a entender que ella se encargaría de este interrogatorio, se sentó en la silla que había junto a él.

—No nos hemos presentado aún. Mi nombre es Kiaran y soy la jefa del departamento de homicidios de Athlone. ¿Y usted es? —preguntó mientras extendía la mano para estrechar la de la asistente, que le ofreció la suya para hacer lo propio.

—Mi nombre es Áine y soy estudiante de arte dramático en la academia de las artes de Dublín. —Su voz era un susurro, y había que prestar atención para escucharla.

—Encantados de conocerte, Áine. ¿Me permites tratarte de tú? —La joven asintió con rapidez, y Kiaran sonrió—. ¿Cuál es su asociación con mister Quigley?

—Trabajo como su asistente para todas sus actividades artísticas en la isla. Me encargo de preparar las fiestas de mecenazgo, de su correspondencia, de asegurarme de que llega a todas sus reuniones, etcétera. —No sonaba muy orgullosa de su trabajo, y Hayden pensó que él tampoco se sentiría muy orgulloso si tras formarse como artista estuviera trabajando como asistente de uno.

—¿Estaba presente cuando se encontró el cuerpo de Olga? —Kiaran estaba siendo muy comedida y actuaba con naturalidad, ya que, al igual que Hayden, ella también se había dado cuenta del nerviosismo de Áine, y lo último que quería era que esta se cerrase en banda. En su experiencia, a la gente con esa personalidad era mejor tratarla entre algodones.

—No, gracias a los cielos —contestó Áine, llevándose una mano temblorosa al pecho—. En ese momento libraba y estaba en casa.

Mientras Kiaran hablaba y dirigía la conversación, Hayden se fijó con mayor detenimiento en Áine. No entendía bien por qué, pero algo le llamaba la atención de ella. ¿La ropa, quizá? ¿El pelo? La detective, al ver que él tenía la mirada fija en Áine, le pisó un pie y lo despertó de su ensimismamiento.

Tras unos cuantos intercambios de preguntas que no parecían ir a ningún lado, Kiaran decidió dar por finalizada la conversación.

—Muchas gracias por acceder a venir a hablar con nosotros, Áine —dijo con una sonrisa—, pero necesito que le pidas a mister Quigley que venga. Debemos escuchar de primera mano el testimonio de quien encontró el cuerpo.

—Está bien —dijo la chica en voz baja—. Trataré de hacerle entender lo importante que es que venga.

—Más bien trata de hacerle entender que siempre podemos ir a buscarlo nosotros en un coche patrulla.

Áine palideció al oír esto último. Sabía de sobra cómo reaccionaría su jefe si el público lo viera siendo trasladado por la policía como si fuera un delincuente.

—Estoy segura de que sacará tiempo para venir cuanto antes. —Se levantó con intención de marcharse.

Kiaran se levantó también, le estrechó la mano y la acompañó a la salida. Unos segundos más tarde volvió y se sentó en la silla enfrente de Hayden, justo donde hasta poco antes había estado sentada Áine.

—¿Y a ti qué te pasa? —preguntó con una sonrisa—. ¿Acaso te ha gustado la asistente? —Sonrió de forma traviesa, intentando chinchar a Hayden.

—No digas tonterías. Esto ha sido una pérdida de tiempo. Volvamos a centrarnos en el trabajo. —Salió de vuelta a la sala principal, donde el grupo de detectives discutía el caso.

Kiaran no pudo evitar darse cuenta de que Hayden estaba sonrojado y soltó una carcajada. Mayordomo, normalmente imperturbable, esbozó la más pequeña de las sonrisas posibles a la detective.

Hayden los ignoró y se dirigió a los allí presentes.

—Por la forma en la que se han encontrado los cuerpos se puede asumir con casi total seguridad que el asesino conocía a sus víctimas. Ninguna presenta signos de violencia previa al asesinato y ambos cuerpos aparecieron tapados con la sábana, como para que no cogieran frío.

Detrás de Hayden los detectives tomaban notas. Uno preguntó:

—¿Cómo podemos saber que los conocía? Es posible que el asesino simplemente quisiera despistar a la policía haciéndonos pensar que eran muertes naturales.

—Tonterías —contestó Hayden bruscamente, y Mayordomo lo miró con reproche—. Cuando te perforan las arterias del cuello, lo normal es que parte de la sangre llegue a la garganta, desde donde expulsarías una pequeña cantidad simplemente respirando. Dime lo que ves en estas dos fotos. —Señaló dos fotos tomadas de cerca del rostro de ambas víctimas.

—No veo nada fuera de lo normal —contestó el detective—. Parecen estar durmiendo.

—Efectivamente. No hay nada. Ni una mancha de sangre alrededor de la boca ni en los orificios nasales. Alguien se ha asegurado de limpiarles la cara. —Los murmullos comenzaron entre los allí presentes—. Por eso creo que el asesino conocía bien a sus víctimas y sentía la responsabilidad de asegurarse de que, cuando las encontraran, ambas conservaran toda la dignidad posible. Se preocupa por ellas incluso después de muertas.

Esta última afirmación despertó al grupo, que inmediatamente se puso a buscar posibles conexiones entre ambas para descubrir quiénes eran sus contactos más cercanos.

—Detective Kiaran, ¿podemos hablar un momento en privado? —preguntó Hayden.

—Claro, pasemos a mi despacho. —Lo invitó con la mano a pasar a una salita en un lateral de la estancia.

Su despacho era lo más parecido al cliché sobre los cubículos de oficinas gigantes que uno se imaginaría: una mesa de madera barata acompañada de una incómoda silla de plástico negro, un armario repleto de archivadores llenos de casos con una antigüedad considerable y un ordenador que ya estaba obsoleto cuando se construyó la planta. Todo ello era lo único de lo que disponía en su espacio.

Muchos policías decoraban sus mesas para hacer más llevaderas las horas invertidas en la oficina. Desde fotos de la familia hasta tazas de café personalizadas, pasando por dibujos de los niños y demás. Al ver la decoración espartana de la oficina de Kiaran, Hayden dedujo que para la detective el trabajo era el trabajo, y la vida personal tenía que estar a años luz de su vida laboral.

Se sentaron frente a frente y esperaron en silencio hasta que Mayordomo volvió con una taza de chocolate caliente, de la que Hayden bebió un sorbo tras cogerla, dejándose las comisuras de la boca oscurecidas.

—¿Cómo es que no bebes café en vez de chocolate? Es una pregunta que me ronda la cabeza desde que trabajamos en el caso anterior —dijo Kiaran.

—El chocolate me despierta y me activa el cerebro. Además, me da placer. Probé el café una vez y no entiendo cómo la gente se hace adicta a algo que sabe tan mal —contestó sin pestañear Hayden.

Tal y como había pasado el año anterior, tratar con Hayden era una incógnita para ella. Por un lado, tenía al joven brillante que deducía y creaba teorías como quien respira y, por otro, había ocasiones en las que parecía un adolescente siempre a punto de tener una rabieta o de contestar mal cuando nadie a su alrededor entendía a qué se refería. Le resultaba fascinante.

No hablemos ya de Mayordomo. Si Hayden era una incógnita, aquel hombre simplemente era una pregunta al aire. Con sus sesenta años y el físico de un jugador de rugby, era el eterno guardián de Hayden y siempre estaba al quite por si su maestro necesitaba algo. Ella había tratado de investigar un poco sobre la procedencia de ambos una vez que terminaron el caso anterior, pero sin ningún resultado.

—Bueno, cuéntame —prosiguió Kiaran, dejando sus pensamientos detrás. Las dudas sobre la procedencia de esta inusual pareja parecían irrelevantes. Lo importante era que meter en un caso a Hayden solía ser sinónimo de éxito.

—Mayordomo me ha hecho entender que muchas veces no tengo tacto para comunicar mis sospechas, por lo que siempre debo hablar primero con la persona a cargo de la investigación. —De su tono de voz se desprendía que no era algo que le gustase, pero que se veía obligado a hacerlo—. Tengo sospechas sobre estos asesinatos y no creo que nos estemos enfrentando a un novato.

—¿Crees que el asesino ha actuado previamente? —preguntó Kiaran mientras sacaba su libreta para anotar la conversación.

—El *modus operandi* está demasiado perfeccionado. No hay manchas de sangre en ningún lado, los cuerpos están en posición de descanso y además demuestra que se preocupa por sus víctimas, que rezuman una tranquilidad enorme después de fallecidas. —Se llevó de nuevo la taza de chocolate a los labios para dar otro sorbo—. No parece nervioso ni tener miedo de que lo pillen. Está tranquilo y relajado en todo momento, y eso no es algo que haga un novato.

—¿De cuántos asesinatos previos podríamos estar hablando? —Kiaran se llevó la mano a la frente, sin rebatir la lógica de Hayden.

—Si nos basamos en el comportamiento de otros asesinos en serie, creo que el nuestro ha acabado con al menos otras dos personas más además de la actriz y el compositor.

8

—¿**M**e estás diciendo que probablemente tengamos otros cadáveres por descubrir? —dijo Kiaran.

—Sí y no —contestó Hayden mientras negaba con la cabeza—. No tienen por qué ser dos ni ser recientes. Lo único que digo es que usa una metodología clara, y eso no es algo que aparezca de la noche a la mañana.

Hayden y Mayordomo dejaron a Kiaran lanzando órdenes para buscar posibles antiguos asesinatos que se ajustaran a lo que sabían hasta ese momento y salieron de la comisaría en dirección a Dublín. El marido de Olga no llegaría a la oficina hasta la tarde, por lo que decidieron aprovechar y acercarse al hotel Merrion, donde verían la escena del crimen de cerca y hablarían con posibles testigos. Apenas habían pasado veinticuatro horas desde el descubrimiento del cadáver, por lo que, a ojos de Hayden, la escena todavía debía de estar fresca.

Lo que en circunstancias normales habría sido un viaje de menos de una hora desde Athlone hasta Dublín se convirtió en más de una hora y media gracias al tráfico mañanero de la capital.

La ciudad no estaba lista para la llegada masiva de inmigrantes de los últimos años, que, llamados por el cada vez mayor número de compañías de la industria tecnológica que se establecían en la isla, había ocasionado una crisis inmobiliaria y de servicios nunca vista en el país. Se había encarecido muchísimo el alquiler: algunos pisos habían visto multiplicarse por diez su precio en menos de diez años.

Esto hizo que muchos se trasladasen a los pueblos de la periferia, que, si bien seguían teniendo alquileres prohibitivos, eran más accesibles para el trabajador medio y contaban con prácticamente los mismos servicios. La consecuencia principal de este movimiento había sido la congestión continuada de las entradas y salidas de la ciudad, y no tenía pinta de solucionarse en ningún momento.

A Hayden viajar a Dublín le parecía una tortura. Había demasiada gente en espacios muy pequeños, y le costaba imaginarse que alguien fuera feliz viviendo entre tanta gente. Se mareaba solo de pensar en la cantidad de olores que debía de desprender la ciudad con tanta gente recorriendo sus calles.

Para intentar evitar pasar por las zonas en las que se aglomeraban los dublineses, Mayordomo entró por Phoenix Park, el pulmón de la capital y uno de los parques públicos más conocidos de Europa. Era tan grande que incluso podías encontrarte con una manada de ciervos salvajes durante un paseo.

Callejeando, llegaron al hotel Merrion, situado en pleno centro de la capital, y dejaron el coche en el aparcamiento privado del hotel, evitando así exponer a Hayden al bullicio de las calles principales. Después de tantos años con el maestro, Mayordomo sabía de sobra las consecuencias de sobrecargarlo sensorialmente. Verse expuesto a ruidos fuertes y a demasiada gente podía dejarlo en cama varios días seguidos.

En la recepción, un amable recepcionista los dirigió a un ascensor en concreto. Para evitar interferencias en la investigación, tan solo uno paraba en la planta en la que se había cometido el asesinato, y el resto de los huéspedes que residían en la misma planta habían sido reubicados en otras suites del hotel. En ese momento no había nadie más que los dos policías de guardia en el pasillo, además de la encargada de limpieza que encontró el cuerpo, que esperaba a ser interrogada en una de las estancias, y un equipo forense que estaba dentro de la habitación del crimen procesando todas las pertenencias.

Hayden se puso unos guantes y se cubrió las zapatillas con unos patucos de plástico para evitar meter o sacar muestras que pudieran afectar a la investigación forense, los dos policías se hicieron a un lado y él se adentró en la habitación.

Llamarlo habitación era un eufemismo. En realidad, como se trataba de una de las suites más grandes del hotel, era un apartamento en toda regla, con su sala de estar, su cocina, su baño y una habitación con su propio vestidor. Toda la decoración estaba exquisitamente seleccionada para parecer una casa victoriana inglesa, con sus estampados de flores y sus muebles sobrecargados. Para su gusto, resultaba bastante hortera, pero pegaba con la imagen de un compositor de música que había pasado más de la mitad de su vida en Inglaterra, rodeado por nobleza y palacios. Incluso viviendo en la mansión en la que vivía, el gusto de Hayden tiraba más por la decoración rústica, en la que la unión entre la piedra, la madera y la tela hacía que todo pareciera sencillo, rudo y natural.

Los dos forenses que estaban procesando la habitación levantaron la mirada al verlo, pero la volvieron a bajar tan pronto como Mayordomo enseñó las credenciales de ambos. Estaba claro que Kiaran ya había avisado de su llegada.

El cuarto estaba impoluto. Más allá de la cama deshecha, donde la encargada de la limpieza había encontrado a Charles, el resto se hallaba limpio y ordenado. El hotel había confirmado que no limpiaron la habitación nada más descubrir el cadáver, por lo que no tenía mucho sentido que todo estuviera inmaculado. ¿Dónde estaba la ropa que llevaba la víctima antes de echarse a dormir? La maleta seguía en uno de los armarios, con ropa para varios días sin usar.

Hayden recorrió la habitación abriendo cajones e intentando buscar algo que se saliese de lo normal: un calcetín usado en un rincón, pelos sobre la encimera del baño…, cualquier cosa. No encontró nada, lo cual ya era algo en sí.

Se acercó a la cama principal y se arrodilló en el lateral donde se halló el cuerpo. El suelo estaba cubierto por una alfombra de color beis, en la que no se veía ninguna mancha. Hayden se agachó hasta casi tocarla con la cara y llamó al técnico forense.

—¡Ey! Acércate, por favor. Necesito que recojas esta muestra.

El técnico se aproximó y se arrodilló junto a él, que le señaló una manchita de color oscuro en el lateral de la alfombra que se adentraba bajo la cama.

Usando unas pinzas, el técnico introdujo la muestra en una bolsa y la selló. Después se la entregó a Hayden para que la viera de cerca.

—Hum… Parece arcilla oscura. —Era más que posible que la muestra ya estuviera ahí cuando Charles alquiló la habitación, pero, por si acaso, la mandó a analizar.

Se enderezó y se acercó al baño, que, al igual que el resto de la habitación, estaba decorado de forma sobrecargada y no tenía absolutamente ninguna mancha. Una ducha enorme presidía el centro y había dos lavabos, un espejo gigantesco enmarcado en lo que parecía oro y un váter que tenía la tapa cubierta por tela roja acolchada.

El equipo forense aún estaba analizando otras zonas de la habitación, por lo que era, probablemente, la primera persona que entraba en el baño desde el asesinato. Dejó a Mayordomo en la puerta del baño y siguió el mismo proceso: se agachó y buscó la más mínima mancha en el suelo, los lavabos y el váter con el mismo resultado que alrededor de la cama. Estaba todo demasiado limpio.

Mientras revisaba la mampara de la ducha, algo le llamó la atención en una esquina inferior, escondida entre incipientes manchas de cal (muy comunes en Irlanda debido a la poca calidad del agua), había una gota de color marrón oscuro. Se levantó, se quedó pensativo y miró a Mayordomo.

—Necesitamos luminol.

Es un líquido que se utiliza para mostrar manchas de sangre invisibles al ojo humano. Es un compuesto químico que reacciona a la sangre emitiendo un brillo azulado y se utiliza en escenas de crímenes violentos. Lo bueno que tiene es que no importa si la has limpiado; a no ser que hayas utilizado ciertos productos químicos, el luminol mostrará si se ha derramado sangre en una habitación. En las películas utilizan lámparas ultravioletas para dar más interés a la trama, pero en la vida real solo tienes que apagar la luz y rociar el producto. En treinta segundos, el brillo desaparece, pero es tiempo suficiente para descubrir algún resto que no se aprecie a simple vista.

Minutos más tarde, los dos técnicos forenses entraron en el baño con sendas botellas de luminol y empezaron a rociar la ducha y las paredes de mármol de forma uniforme. Después de cubrir toda superficie visible con el líquido transparente, salieron, cerraron las ventanas y bajaron las persianas de la habitación. Luego esperaron unos segundos para hacerse a la oscuridad y abrieron de nuevo la puerta del baño.

Si antes parecía sacado de un catálogo de limpieza, ahora se asemejaba más a una carnicería. En la ducha entera resplandecía el color azulado, marcando claramente los lugares en los que se había derramado la sangre. El suelo, antes impoluto, mostraba las innumerables gotas que habían caído probablemente de rebote al limpiar con agua caliente la ducha. Uno de los lavabos, que claramente se había utilizado para limpiar el resto, también despedía un resplandor azul.

Los técnicos se llevaron las manos a la boca en un claro gesto de incredulidad. Mayordomo mantuvo la mirada seria, enmascarando sus pensamientos; se sacó algo de un bolsillo y se lo pasó de una mano a otra.

Hayden se giró a mirarlos con una sonrisa de oreja a oreja. Con la escasa luz que entraba desde los orificios de la ventana del baño, su expresión habría pasado desapercibida en cualquier casa del terror.

—Creo que vamos a necesitar más luminol.

9

Después de que los técnicos analizaran todas las muestras y sacaran fotos de larga exposición para capturar bien la ubicación de todas las manchas e intentar reconstruir la historia de lo ocurrido esa noche, Hayden y Mayordomo salieron de la habitación, se quitaron los guantes y los patucos de plástico y se metieron en la de al lado, donde una señora de avanzada edad los estaba esperando. Mayordomo envió un mensaje rápido a Kiaran para hacerle saber lo que habían descubierto en el lavabo.

Vivienne llevaba trabajando en el Merrion desde joven, y a estas alturas creía haber visto todo lo que había que ver en un hotel frecuentado por famosos. Desde las secuelas de una orgía hasta un concierto de rock organizado *in situ* que también acabó en una orgía improvisada. Era muy difícil impresionar a la mujer.

Tampoco era el primer cadáver que descubría. Una década atrás, un famoso músico de rock irlandés se pasó con las drogas y murió de sobredosis en su habitación. Al igual que con el compositor, fue ella quien se lo encontró por la mañana y avisó al director, que, tras presentarse y asegurarse de que no hubiera nada que incriminase al hotel, llamó a la policía.

En cuanto vio a la curiosa pareja de Hayden entrar en la habitación, apagó el cigarrillo que estaba fumando y dio un sorbo a la taza de té que tenía en la otra mano.

—Buenos días, necesito saber todo lo que vio nada más entrar en el cuarto —empezó Hayden, y Mayordomo le lanzó una mirada de reproche mientras señalaba a la mujer con la cabeza.

—Lo correcto sería presentarse primero, ¿no crees? —contestó la mujer, lejos de sentirse intimidada por la actitud del joven y la presencia de Mayordomo.

—Eh... Sí, lo lamento —contestó entrecortadamente Hayden, que, como ya era costumbre, no tenía defensa contra nadie que hiciera frente a su falta de comunicación o de habilidades sociales. Por su parte, Mayordomo sonrió a la señora, que le devolvió la sonrisa acompañada de un guiño.

—Mi nombre es Hayden y este es Mayordomo. —Vivienne levantó una ceja al oír el nombre de este último—. Y estamos aquí en calidad de consultores para el cuerpo de policía de Westmeath. Si hemos recibido bien la información, usted es quien encontró el cuerpo de Charles Diggery.

—Así es —dijo asintiendo con la cabeza Vivienne—. Pero ¿no sería lógico preguntar por mi nombre y procedencia primero? Podría estar engañándote y haber sustituido a la verdadera testigo, que estaría en su casa disfrutando de unas merecidas vacaciones. —Estaba dispuesta a chinchar un poco más al joven este que parecía tan seguro de sí mismo. A lo largo de todos estos años trabajando en el hotel había tenido que hablar en incontables ocasiones con la policía y sabía que muchas veces su eficiencia resultaba más que dudable, por lo que el respeto que le tenía al uniforme no era precisamente elevado. Para ella, chinchar a un policía constituía un acto de rebeldía contra el sistema.

—No. Sé que es usted quien encontró el cuerpo, señorita Vivienne —respondió Hayden con seriedad—. Solo estoy siguiendo las normas sociales no escritas de comenzar un interrogatorio con una pregunta de fácil respuesta. —Esto desmontó un poco la sonrisa de Vivienne, que enderezó la espalda y dejó la taza de té sobre la mesita—. Además —continuó Hayden, al que no le gustaba en absoluto que se metieran con él—, solo hay que leer la prensa rosa para saber que Charles no fumaba, y en la puerta, sobre el carrito que lleva los productos de limpieza, hay un cenicero, que imagino que es suyo por sus uñas amarillentas, que delatan muchos años de adicción al tabaco, por no hablar de la diferencia de pigmentación en la piel de los dedos que acostumbran a agarrar el cigarro.

Vivienne puso los ojos como platos.

—A esto le añadimos —prosiguió— la única colilla recogida del suelo, que es de la misma marca que la caja de cigarrillos que hay sobre la mesa, y su carraspeo al hablar, y cualquiera llegaría a la conclusión de que me estoy dirigiendo a la persona correcta. Imagino que el cigarro se le cayó al descubrir el cadáver y se olvidó de recogerlo.

Mayordomo le puso una de sus enormes manos sobre el hombro, instándolo a parar.

Los dos se quedaron en silencio durante unos segundos antes de que Vivienne rompiera a reír, para sorpresa de Hayden, que no solía obtener esa reacción cuando analizaba a un sujeto.

—Reconozco que esto no me lo esperaba —dijo ella entre risas—. Disculpa a esta vieja chocha. Llevo tantos años tratando con famosos y gente que cree estar por encima de mí que de vez en cuando no puedo evitar intentar chinchar a los que me rodean. —Guiñó un ojo a Hayden, que volvía a ver desmontada su estrategia de abrumar a la gente con su capacidad deductiva.

—Eh… Vale, no pasa nada.

Detrás de él, Mayordomo abrió la mochila que llevaba y sacó un termo y una taza; esta se la entregó a Hayden y acto seguido abrió aquel y le sirvió chocolate tibio. En situaciones incómodas era el mejor remedio para devolverlo a un estado funcional. Siempre lo tranquilizaba, pero ¿cuánto de este efecto era meramente placebo? No quería saberlo.

—Por favor, cuénteme lo ocurrido. Según tengo entendido, usted es una de las pocas encargadas de la limpieza asignadas a esta planta en concreto.

—Efectivamente. —Vivienne sacó un cigarrillo de la caja y le preguntó silenciosamente a Hayden si le importaba; él negó con la cabeza y la invitó a continuar—. Llevo trabajando en el Merrion desde que cumplí los dieciocho, y he pasado por tres cambios de administración, además de un incendio, una inundación e incluso un cierre por parte de sanidad después de que una cucaracha se colara en la cocina.

Encendió el cigarrillo y le dio una calada.

—Soy la encargada de esta planta —prosiguió— porque es donde se encuentran las suites más importantes. Las conozco al dedillo y me encargo de que estén perfectamente limpias, además de abastecidas de cualquier lujo que nos pidan los clientes. Imagino que esto es así porque soy vieja; a los famosillos de turno les da mucha más tranquilidad ver a una señora mayor limpiando que a alguien joven que podría ser uno de sus admiradores. —Les lanzó una sonrisa donde faltaban algunos dientes—. En este piso lo importante es la discreción, y yo tengo mucho de eso. De ahí que las propinas sean buenas. Y, por favor, llámame Vivienne a secas, me haces sentir más vieja de lo que ya soy.

Hayden carraspeó. Por eso no le gustaba hacer interrogatorios. No se le daba bien hablar con seres humanos. ¿Encontrar cuerpos? ¿Descubrir asesinatos? Encantado. ¿Estar de cháchara? Completamente alienígena para él.

—¿Qué puedes decir de Charles como huésped?

—Uy, pues era de lo más amable. —De una larga calada consumió gran parte del cigarrillo—. Esta era la tercera o cuarta vez que lo veía por el hotel, siempre escogía la misma suite, la presidencial. —Se encogió de hombros—. ¡Como si un presidente se fuera a quedar en este hotel!

—¿A qué se refiere? —preguntó Hayden con una curiosidad nada disimulada. El Merrion era una de las joyas de Dublín y había recibido a todo tipo de famosos y dignatarios del globo entero en los casi trescientos años que llevaba abierto.

—Las cosas han cambiado durante los últimos años —suspiró Vivienne—. Los hoteles modernos ofrecen comodidades con las que nosotros no podemos competir, porque el

edificio está considerado «patrimonio cultural del país».
—Esto último lo dijo con sorna—. Por eso ahora los famosos vienen con sus amantes a vivir sus aventuras secretas. Ya no es un lugar donde disfrutar de la historia que hay entre estas paredes. —Puso la mano sobre la pared más cercana—. Ahora solo es un sitio caro en el que sabes que nadie te va a pillar si engañas a tu mujer. —Volvió a suspirar.

—Entonces —presionó Hayden—, ¿Charles estaba aquí acompañado? —De ser así, esto serían novedades. El compositor era conocido por ser un solitario, al que nunca se lo había visto con ninguna pareja, fuera hombre o mujer, y era objeto de murmuraciones en la prensa rosa, que siempre intentaba encontrar alguna noticia que lo vinculara con cualquier otra figura conocida.

—Estoy segura de ello —respondió convencida Vivienne—. Nunca hablé con ella, pero los vi de refilón entrando en su habitación mientras limpiaba la suite de al lado la última vez que se quedó en el hotel.

Hayden dejó la taza de chocolate de plástico vacía sobre la mesita, y Mayordomo la recogió inmediatamente y se la rellenó.

—¿Era una mujer, entonces? ¿Puedes darme más detalles sobre ella? —Se notaba en el tono de voz que esto podía indicarles la dirección apropiada.

—Me temo que no —contestó ella bajando la cabeza—. Solo la vi de refilón. Asumí que era una mujer, pero no pude comprobarlo del todo, podría haber sido un hombre de complexión menuda. Lo que puedo confirmar es que llevaba una gabardina y que el pelo era de color rojo. No pude fijarme en más.

Esta última frase hizo que Hayden levantase las cejas.

—¿No pudiste fijarte en más? —La invitó a profundizar con la mano.

La actitud dicharachera de Vivienne cambió por completo. Empezaron a temblarle las manos, y empalmó el cigarro con uno nuevo, que encendió al tercer intento. Mayordomo, que se dio cuenta de que la mujer estaba nerviosa, se acercó y le sirvió más té de la tetera que tenía a su lado. La anciana sonrió agradecida.

—No te sabría explicar por qué, pero era como si me dolieran los ojos al intentar fijarme. —Las palabras salieron atropelladamente de su garganta, y se tomó un sorbo de té para calmar los nervios—. La gabardina, la forma de moverse… Me dio miedo.

—¿Miedo? —le respondió Hayden con un tono algo divertido mientras levantaba una ceja.

—¿Crees que esto es fácil de decir para mí, muchacho? —levantó la voz Vivienne—. Llevo en este mundo más del doble del tiempo que llevas tú vivo, y nadie, en todos estos años, me ha causado una impresión así. —Le dio una larga calada al cigarro—. Y encima, en cuanto he oído en las noticias que el cuerpo no tenía ni una gota de sangre dentro, he sabido que hice bien evitando fijarme mucho; podría haber sido la siguiente.

—Necesito más información, Vivienne —respondió Hayden con una paciencia poco acostumbrada en él.

Por algún motivo, probablemente la avanzada edad de la mujer y sus manierismos maternales con él, no quería hacerle pasar un mal rato a la anciana, pero necesitaba saber a qué se refería. Cualquier tipo de información podría ayudarlo a intentar elaborar una teoría, por muy pequeña o inverosímil que fuera. En ese momento, lo único que tenía eran más preguntas sin respuesta, y necesitaba algo con lo que seguir investigando.

Vivienne dejó el cigarro ya terminado en el cenicero y sacó de dentro de su uniforme de limpieza un crucifijo de metal que llevaba colgado al cuello. La atmósfera de la habitación pareció enfriarse y oscurecerse cuando se acercó a Hayden para decirle en voz baja:

—Creo que lo que ha matado al compositor ha sido una leanan sídhe.

Arte 2

Vuelvo a creer en el amor. Mi anfitriona es inteligente, hermosa, carismática y me hace sentir como nadie. De todos mis amantes, es mi preferida y con la que tengo una relación más cercana. La conocí en la presentación de uno de sus últimos trabajos, y la ternura de sus cuadros y la pasión que transmitía me engancharon como si de una droga dura se tratara.

Verla tratando de mostrar el dolor de su niñez por el abandono de sus padres en cada cuadro sin que ninguno de los presentes se diera cuenta hizo que me acercara a presentarme, y nada más estrechar su mano supe que ella era mía, y yo, suya.

Su piel sudorosa brilla mientras pinta completamente desnuda un cuadro. Estoy detrás de ella observándola, en el sofá cama, también completamente desnuda, mientras sus brazos recorren el lienzo de arriba abajo, en un baile febril que solo aquellos con talento real experimentan en su vida al menos una vez.

Es una danza en la que el artista no tiene voz ni voto, solo se deja guiar por un instinto misterioso que hasta entonces no tenía y que siempre culmina en algo único e insuperable que le marca hasta el final de sus días.

Este es su mejor trabajo, su obra final, la más importante, y me honra con ella. Cada pincelada es un gesto de amor con el que me ruega que la acepte y la convierta en parte de mí.

Tan pronto como deja caer la brocha, estoy detrás de ella, abrazándola y besándole la espalda. Recorro con los dedos sus hombros y con una mano la agarro del pelo y le echo la cabeza hacia atrás para besarla en los labios. Lo ha dado todo, ha exprimido todo su talento en este cuadro, y veo en el brillo de sus ojos que sabe que jamás será capaz de pintar algo mejor que lo que acaba de terminar.

Con lágrimas en los ojos, le clavo el cuchillo en el cuello y la reclino hacia un lado, para que la sangre caiga sobre el balde y se mezcle con los restos de pintura.

Estoy con ella hasta el final, acariciándole el pelo y dándole las gracias por el regalo que me ha entregado.

10

El viaje de vuelta a Athlone se hizo eterno. En vez de sacar alguna conclusión del interrogatorio con Vivienne y la visita a la escena del crimen, lo único que habían conseguido eran muchas más preguntas sin respuesta. Hayden adoraba los misterios como pocos, pero este caso había pasado a ser una completa incógnita, y eso era algo que no asimilaba bien una mente tan analítica como la suya, cuyo mundo funcionaba con reglas tan simples como la de que si hay un cuerpo, hay un asesino.

Mayordomo, que conocía bien a su maestro y adivinó que estaba de mal humor en ese momento, puso una de sus canciones favoritas mientras Hayden le daba vueltas a todo lo descubierto durante la visita. Al ritmo de la canción *Under your Spell*, de The Birthday Massacre, decidió abrir el portátil que había siempre en el coche, entró a internet a través de una conexión por satélite solo disponible para miembros del Gobierno y se puso a investigar la procedencia de la leanan sídhe.

No importaba cuánto aborreciera las supersticiones: era más que consciente de que detrás de toda leyenda hay un ápice de verdad, por lo que estaba dispuesto a dejar momentáneamente de lado su desagrado por los cuentos de viejas con tal de avanzar un paso más que lo ayudara a resolver este caso.

Se lanzó a buscar en Google y acabó en varios de los rincones menos visitados en internet: blogs sobre leyendas de hadas que llevaban sin actualizarse diez años o más, artículos de Wikipedia a medias, abandonados por falta de material, e incluso una página de un grupo de música croata en MySpace que, en contra de todo pronóstico, seguía activo.

Después de una infructuosa búsqueda en la que encontró de todo pero nada certero sobre lo que sentar las bases, Hayden cerró el portátil y le dio un golpecito a Mayordomo para que bajase el volumen y prestase atención.

—Vamos a hacer una pequeña parada en Horseleap antes de continuar hacia Athlone. —Mayordomo levantó una ceja a modo de pregunta—. Necesito hablar con la abuela. Es posible que ella pueda explicarme algo sobre esta leanan sídhe de las narices…

El hombre, como de costumbre, no respondió nada, pero después de tantos años juntos Hayden notaba cuándo algo lo hacía sentirse incómodo.

—Sí, lo entiendo, a mí tampoco me apetece hablar con ella, pero es posible que sea la única que tenga los conocimientos necesarios para ayudarnos en este caso. Hay muy poca gente a quien le gusten tanto las leyendas como a ella.

Se reclinó de nuevo en el asiento de atrás y se preparó mentalmente para una visita que llevaba evitando muchos años.

A plena luz del día, Horseleap es un pueblecito más de la Irlanda rural. Aunque antaño fue una urbe numerosa por la que incluso pasaba a diario uno de los principales trenes de pasajeros de Irlanda, con el abandono de la ganadería, la migración a las ciudades más pobladas y el paso de los años se ha convertido en una cáscara de lo que fue en su momento.

Actualmente apenas si cuenta con un pub, un par de restaurantes de comida rápida, una iglesia, una escuela de primaria que no llega a la cuota mínima de niños para mantenerse abierta por mucho más tiempo y una clínica que abre un día sí y uno no.

Ah, y con lo que los lugareños llaman «la última de las cailleach», o bruja en irlandés antiguo, que se encarga del bienestar espiritual del pueblo junto con el párroco católico, con el que tiene muy buena relación. Mientras que uno guiaba al rebaño hacia la redención y el rezo, la cailleach ayudaba de forma más directa con nacimientos de niños y animales, cosechas abundantes e incluso asuntos amorosos.

Da la casualidad de que esa bruja era la abuela de Hayden, con la que apenas tenía relación desde la muerte de sus padres, veinte años atrás. Cuando era pequeño acostumbraba a perseguirla por todas partes, pidiéndole más historias de héroes y leyendas irlandesas del pasado. No recordaba del todo los motivos, pero tuvo prohibida la entrada durante muchos años a los terrenos de la casa Waterson. Siempre que preguntaba a Mayordomo, este esquivaba el tema con su habitual silencio.

Después de aparcar el coche a las afueras del pueblecito, justo al lado de un prado en el que pastaban unas vacas muy interesadas en lo que estaban haciendo allí esos dos humanos, Hayden y Mayordomo se adentraron en la primera calle que había nada más cruzar la señal que marca el inicio de Horseleap. No había cambiado nada desde que Hayden solía ir con su madre.

Las visitas a la casa de la abuela siempre estaban cargadas de olores extraños, palabras en un idioma que no conocía e historias que nunca llegaron a gustarle. A su parecer, las leyendas irlandesas estaban demasiado centradas en la muerte, el sufrimiento y el infortunio, algo que a un niño de menos de diez años no le interesaba demasiado en aquel momento. Los pocos recuerdos alegres que tenía de la casa de su abuela se veían ensombrecidos por lo ocurrido tras el fallecimiento de sus padres, momento en el que cortó cualquier contacto con ella que no fuera estrictamente necesario.

Pasaron por delante de unas cuantas casas antes de llegar a su destino. La entrada al terreno del hogar de la abuela estaba bien cuidada; había un murete de apenas un metro de altura alrededor y un jardín mimado hasta el último detalle. La casa estaba entre rosas y un césped bien cortado con ese verde tan intenso que solo se conseguía con un esmero constante.

Quién se iba a imaginar que en aquella casa de ladrillo y madera con cortinas de ganchillo blancas, varias figuras de cerámica de perros y gatos y un felpudo que rezaba «Di amigo y entra» vivía una bruja a la que incluso hoy día los granjeros le llevaban parte de su cosecha anual como ofrenda. Si acaso, dirías que vive la abuela de alguien sin más.

Antes de siquiera llamar al timbre, distinguieron la encorvada figura de Caireen, la abuela de Hayden, que los aguardaba en la puerta. No tenían ni idea de cómo lo hacía, pero desde que él tenía memoria nunca había visitado a su abuela sin que esta, de alguna forma, lo supiera de antemano y los estuviera esperando. Después de un tiempo, el joven Hayden concluyó que seguro que pasaba mucho tiempo fuera y simplemente coincidía con las visitas.

Ambos abrieron la puerta de entrada al jardín y se acercaron a la casa, donde Caireen abrazó a su nieto.

—Llevas mucho tiempo sin visitarme, jovenzuelo —le recriminó la anciana—. La última vez que te vi apenas eras algo más alto que yo. —Le revolvió el pelo con las manos. Después de saludarlo se giró hacia Mayordomo con mirada de enfado y le dijo—: Y tú... —Le clavó un dedo en su enorme pecho—. ¿Estás alimentándolo bien? ¡Lo veo demasiado delgado! ¿Cómo me va a dar bisnietos así? —Hayden puso cara de exasperación.

La abuela llevaba un mono de trabajo repleto de tierra, un sombrero de paja, unos guantes y una azada en la mano.

Tenía el pelo de color azabache y los ojos verdes y brillantes, y debía de estar cerca de los setenta años, pero sus movimientos y su atenta mirada dejaban bien claro que, lejos de estar senil, era inteligente y despierta.

—Pasad, pasad —dijo abriéndoles la puerta de su casa.

Lejos de ser una cabaña de bruja, la casa estaba perfectamente modernizada, con una cocina de reciente instalación, un aire acondicionado para esas tres semanas de calor que pasan todos los años por Irlanda, y un sinfín de electrodomésticos en la cocina, donde los esperaban una jarra de limonada con hielo y tres vasos, además de una pequeña cestita con *muffins* de chocolate, los preferidos de Hayden.

—Momá —empezó a decir Hayden—. ¿Cómo sabías que hoy íbamos a venir a verte?

Caireen le lanzó una sonrisa, como aquellas que solía mostrar siempre que él tenía preguntas cuya respuesta no era la que esperaba.

—Me lo ha dicho un cuervo esta mañana. —Y se quedó tan pancha; el nieto, en silencio, como si no hubiera pasado más de una década desde la última vez que se vieron, negó con la cabeza y dejó el tema estar.

Mayordomo, por su parte, nada más oír estas palabras se santiguó, y la anciana lo reprendió inmediatamente.

—Tu dios no tiene cabida aquí. Si quieres hablar con él, vete a la iglesia del pueblo, donde el párroco Brannagh se encargará de ayudarte. Te agradecería que no volvieras a hacer eso bajo este techo. Ahora —dijo señalando con el dedo la mesa—, siéntate.

Mayordomo, el hombre sin miedo, capaz de sacrificar cualquier cosa por el bienestar de su maestro, asintió con nerviosismo y se sentó en la mesa de la cocina junto a Hayden, que ya estaba comiéndose uno de los *muffins* de chocolate.

—Necesitamos tu ayuda, momá —comenzó el nieto.

—Lo sé, ¿por qué si no me visitarías después de tantos años de abandono? —El tono de Caireen era de dolor fingido, muy similar al que utilizaba él para quejarse cuando Mayordomo lo forzaba a hacer algo que no quería.

—Ayúdanos con esto, y me plantearé invitarte a la cena de Navidad. —El otro levantó horrorizado la cabeza ante esas palabras. Las abuelas en Irlanda eran reverenciadas, y más una como Caireen, considerada una de las últimas cailleach del país. La mujer sonrió.

—Me parece bien, mi pequeño *gharmhac*. ¿En qué puedo ayudarte?

El inglés de Caireen era algo entrecortado, ya que no estaba acostumbrada a usarlo de forma continuada. Su idioma de preferencia era el gaélico, con el que se comunicaba a diario en el pueblo. *Gharmhac* era la forma cariñosa de llamar a su nieto.

—¿Qué puedes contarme sobre la leanan sídhe? —dijo Hayden mientras se servía un vaso de limonada fresca. Por su parte, Mayordomo no había bebido ni comido nada; tenía la mirada clavaba en la anciana, como si tuviera miedo a que les echara encima serpientes en cualquier momento.

El rostro de la mujer se ensombreció.

—¿Por qué quieres saber algo sobre ese ser? ¿Acaso se te ha aparecido? —Apretó las manos hasta que los nudillos se pusieron blancos.

—Momá, sabes que no creo en nada de eso —contestó Hayden.

—Lo que tú creas es irrelevante. Que no creas en algo no significa que no exista. Cuéntame todo, sin dejarte nada. —Su voz, hasta hacía un momento apacible y bonachona, ahora sonaba exigente y severa.

A lo largo de los siguientes quince minutos, Hayden contó todo lo que sabían de momento y su teoría de que el asesino o asesina ya había acabado con varias vidas además de las descubiertas. La anciana no pestañeó cuando le habló sobre el baño repleto de sangre y prestó especial atención al interrogatorio con Vivienne y su descripción del encuentro con la misteriosa pareja de Charles.

—*Gharmhac*, deberías alejarte de este caso —empezó a decir la anciana, que levantó la mano antes de que su nieto replicara—. La leanan sídhe es una de las fae más peligrosas, la que da a los artistas lo que más buscan, la inspiración y una musa en la que fijarse, y a cambio se queda con su vida.

Hayden frunció el ceño al escuchar a su abuela.

—¿A qué te refieres con que es una inspiración?

—La leyenda cuenta que la leanan sídhe buscaba artistas, poetas, músicos, cualquier mente creativa que fuera excepcional, y hacía que se enamorasen de ella. Era entonces cuando recibían la inspiración mágica y creaban la mejor pieza de su vida. Para un cantante, una canción que se oiría durante décadas en los pubs irlandeses; para un pintor, un cuadro que se mostraría en las cortes británicas, y así. —Caireen bajó entonces la voz—. Lo que las leyendas no suelen contar es que a la vez que les servía de inspiración, también les acortaba la vida, y tan pronto como creaban la pieza por la que siempre serían recordados, los artistas morían por ella. Era entonces cuando recolectaba su sangre, la metía en un caldero y se bañaba en ella para obtener juventud y poder eternos.

11

El silencio inundó la pequeña cocina. Si bien en el exterior apenas era mediodía, la oscuridad se adueñó de la casa, donde las sombras parecían bailar con el brillo del sol que entraba por las ventanas. Mayordomo volvió a alzar las manos como para santiguarse, pero la mirada dura de Caireen lo hizo desistir.

—Hum…, podría ser… —empezó a decir Hayden, completamente inconsciente del cambio de atmósfera en el interior de la casa mientras le daba vueltas a todo lo que le había contado su abuela.

—Prométeme que vas a dejar este caso, *gharmhac* —dijo Caireen—. Es demasiado peligroso para ti, más que para nadie, que te involucres en los designios de la leanan sídhe. —Se levantó y se dirigió a lo que parecía una pequeña despensa en un lateral de la cocina, pero él sabía que era el cuartito donde guardaba todos los cachivaches y objetos que utilizaba en su labor como cailleach.

—Momá, sabes que no puedo hacer algo así —se disculpó Hayden—. Este es un caso que he de terminar.

No importaba que hubieran pasado más de diez años desde la última vez que se habían visto, era como si volviese a ser un niño pequeño que estaba de visita con su madre, cuando su abuela le contaba cuentos fantásticos y le pedía que tuviera cuidado con las sombras. Pero las cosas habían cambiado. Sus padres no estaban, y su abuela no había sido precisamente de ayuda cuando todo ocurrió. A veces se preguntaba qué habría sido de él si la anciana lo hubiera criado, pero esa incógnita no merecía que le dedicara ni un momento. La decisión la habían tomado sus padres por él. Se imaginaba que el motivo tenía mucho que ver con el tipo de creencias y la educación poco ortodoxas que habría recibido.

Se empezó a levantar para marcharse cuando Caireen salió del cuarto con dos bolsitas de cuero en las manos. Le lanzó una a cada uno.

—Sé que no me vas a hacer caso y harás lo que tengas que hacer, pero hazle el favor a tu vieja momá y lleva esto contigo mientras estés trabajando en este caso.

—¿Qué es? —preguntó Hayden.

Mayordomo, por su parte, dio las gracias a la abuela con un asentimiento de cabeza y se la metió en el bolsillo de la camisa, cerca del corazón.

—Un poco de hierro frío con unas hierbas que te mantendrán protegido. —Se quedó mirando a su nieto hasta que este, a regañadientes, se metió la bolsita en un bolsillo del pantalón.

Las historias contaban que el hierro frío era un metal mágico, capaz no solo de herir a los habitantes del mundo sobrenatural, sino además de evitar sus maldiciones y romper sus hechizos. Era casi imposible de obtener, ya que había que forjarlo en frío o sacarlo directamente del centro de la tierra.

Acompañó a ambos a la puerta y abrazó a Hayden, que devolvió el abrazo con renuencia. Incluso con su familia, el contacto físico era algo que prefería evitar. Luego le dio otro a Mayordomo, que lo aceptó con solemnidad.

—Ten cuidado con la leanan sídhe, por favor —repitió por enésima vez la abuela—. Tú no lo verás igual, pero eres perfecto para alguien como ella. —Le dio un último abrazo antes de dirigirse a Mayordomo—. Y tú —dijo, clavándole el dedo de nuevo en el pecho— ya puedes cuidarlo. ¡Y asegúrate de que come algo, que está el pobre en los huesos!

Ambos salieron del terreno y se encaminaron de vuelta al coche. Los dos iban sumidos en sus pensamientos, y Mayordomo esperó a estar a suficientes metros de la casa para volver a santiguarse, mientras Hayden se reía de él por sus miedos, y murmuró «respeto» a la vez que se tocaba el bolsillo donde había guardado la bolsa con el talismán.

Se subieron al vehículo y se pusieron de nuevo rumbo a Athlone.

Hayden, en el asiento de atrás, le daba vueltas a lo que había dicho su abuela. Dejando de lado la fantasía de la leyenda de la sídhe, sin duda había similitud entre el caso actual y el ser mitológico, pero eso era lo máximo que estaba dispuesto a admitir.

La principal incógnita que no paraba de rondarle la cabeza era el averiguar la motivación del asesino (o, en el caso de aceptar la teoría de la leanan sídhe, de la asesina) y qué obtenía a cambio de esas muertes. Sacó la bolsita de cuero que le había obligado a aceptar su abuela y, tras comprobar que solo había una pieza de metal grabado y unas hierbas, se la volvió a meter en el bolsillo.

Después de un trayecto rápido en el que cada uno fue sumido en sus pensamientos, llegaron a la comisaría de Athlone, aparcaron el coche y subieron al primer piso, donde la policía seguía trabajando en el caso con las pocas pistas que tenían hasta el momento.

Kiaran divisó al peculiar dúo en cuanto aparecieron por la puerta del departamento y, con la mano, los invitó a entrar en su despacho.

—¿Cómo ha ido el viaje? —comenzó la conversación la jefa—. Los forenses me han informado de lo encontrado en el baño y, sinceramente, si antes estábamos algo perdidos, ahora vamos como pollo sin cabeza, tratando de entender qué está ocurriendo.

—Tiene que ser una sensación ya familiar en el equipo —dijo Hayden, y Mayordomo le dio un cariñoso apretón en el hombro—. Lo lamento, me temo que este caso también me tiene confundido. —Se llevó la mano a la cabeza—. Hay demasiadas variables que no me permiten tener una teoría sólida.

—Quizá charlar con Eoin, el marido de la actriz, ayude a organizar todo este caos que tenemos. Ha llegado poco antes que vosotros y está en la sala de interrogatorios. —Kiaran sacó un bloc de notas y le echó un vistazo—. Por lo que sabemos, la última vez no lo interrogaron en profundidad, porque estaba fuera del país cuando se determinó que había muerto Olga. —Señaló a Hayden con un bolígrafo—. ¿Quieres hacer los honores de interrogarlo?

Él no lo tenía muy claro. Quería ser la persona que hablase con Eoin para asegurarse de preguntar exactamente todas las dudas que tenía pensadas, pero a lo largo de ese día ya había interactuado con suficientes personas y notaba que una nube de agotamiento empezaba a establecerse en su mente por tener que estar rodeado de gente, comunicándose de forma continuada.

Al igual que muchos artistas, su cabeza funcionaba mejor cuando estaba solo, en un lugar sin ruidos donde pudiera trabajar sin nada que lo distrajera. Mayordomo percibió ese conflicto; le puso una mano en el hombro, señaló con la otra el termo con chocolate y sonrió.

Si aquel hombre creía que podía dar un poco más de sí, seguro que Hayden lo aguantaba sin problemas. Asintió con la cabeza y se levantó para seguir a Kiaran, que lo dirigió a una pequeña sala de interrogatorios situada al fondo del departamento.

Por su parte, Mayordomo se excusó y se dirigió a la cantina, donde limpió el termo y la tacita de plástico y preparó una nueva remesa de chocolate caliente con el pequeño calentador de agua que tenían para preparar té. No le gustaba utilizar sobres de cacao instantáneo, pero siempre llevaba alguno por si lo necesitaba mientras estaban fuera de casa. Una vez que terminó, limpió el calentador, la encimera y la mesita donde había apoyado la mochila y se unió a su maestro y a la detective.

En la salita los estaba esperando Eoin Quigley, reconocido productor de cine considerado el causante del nacimiento de algunas de las estrellas cinematográficas más brillantes de las últimas décadas. Se decía que tenía ojo para detectar a los mejores cuando eran aún jóvenes, y los acogía bajo su ala para educarlos y darles las mejores oportunidades posibles. Más allá del cine y la televisión, en los círculos artísticos en general era considerado un mecenas: invertía en grupos de música, pintores y cualquier artista que le llamara la atención.

Tenía más de cuarenta y vestía unos vaqueros de color azul impecables, unos zapatos de marca y una camisa blanca. Bastaba un vistazo rápido a su reloj para saber que costaba más que el salario anual de algunos de los policías de la sala de al lado; y las uñas, limpias y cortadas a la perfección, indicaban que era una persona que cuidaba mucho las apariencias.

Su matrimonio con Olga una década atrás acaparó las portadas de todas las revistas del corazón, y fueron nominados a pareja más guapa del año en varias publicaciones. De cara a la galería, parecían sacados de un cuento de hadas perfecto.

La primera impresión que tuvo Hayden de Eoin fue que era un ser desagradable. Estaba sentado en una postura hostil, con los brazos y las piernas cruzados, y observaba a su secretaria mientras le servía agua en un vaso de plástico. Su mirada se desvió a los recién llegados y una sonrisa, que Hayden inmediatamente catalogó de falsa, afloró en su cara.

—¡Detective! —exclamó, y extendió la mano para estrechar la de Kiaran, ignorando intencionadamente a Hayden—. Imagino que me ha llamado para darme nuevas sobre el fallecimiento de Olga. Los medios hablan de un segundo asesinato que podría estar conectado, ¿no?

Kiaran se sentó y puso sobre la mesa el bloc de notas y el bolígrafo.

—Efectivamente, mister Quigley. Creemos que este segundo asesinato está conectado con el de su mujer. Por eso le hemos pedido que venga a hablar con nosotros.

—Cómo no, por supuesto. ¡Qué menos para intentar encontrar al malnacido que ha hecho algo así!

A Hayden todos sus movimientos y manierismos le parecían coreografiados, como si hubiera practicado antes de que ellos entraran por la puerta. Se imaginó que era así debido a la vida que llevaba el productor, siempre perseguido por los medios y representando el papel de ser humano perfecto.

—¿Hace cuánto que su mujer y usted se separaron? —preguntó él sin previo aviso.

El silencio envolvió la sala y durante un segundo la máscara impoluta de Eoin desapareció para dar paso a una de absoluta incredulidad.

—¿Y tú quién eres y qué clase de pregunta es esa? —contestó el aludido levantando la voz, y Mayordomo, situado detrás de Hayden, le dedicó una mirada de advertencia.

—Hayden es un consultor que tenemos para este caso, mister Quigley —repuso Kiaran—. Es un recurso valioso del departamento que nos ha ayudado en el pasado a resolver algunos de los casos más difíciles con los que nos hemos encontrado.

—¡Como si es el papa de Roma! ¿Quién se cree que es y qué pretende dar a entender? —Si bien la rabia era real, gran parte de los movimientos y las emociones que mostraba estaban más que planeadas. Para Hayden era como ver a un actor en un papel en el que no se encontraba cómodo.

—Conteste a la pregunta, por favor. —Hayden intentaba sacarlo de su zona de confort, donde el otro sentía que tenía el control, para obtener respuestas a sus preguntas sin que se vieran adulteradas por la máscara del productor.

—Estábamos perfectamente casados y enamorados —contestó raudo Eoin—. No hay un día que no la eche de menos ni piense en el bastardo que me la ha arrebatado.

Este enfoque no estaba funcionando. Eoin representaba ahora el papel de viudo triste y con el corazón roto, y le bastó un vistazo a la sala para saber que tanto la detective como la secretaria se lo estaban tragando. Decidió ir directo al grano para asestar un golpe de gracia.

—Miente —le respondió Hayden con un encogimiento de hombros, tratando de transmitir que lo que veía delante de él era una pantomima que no le importaba lo más mínimo.

—¿Qué pruebas tienes para decir algo así? —preguntó Eoin, levantando la voz de nuevo—. ¡Llevamos casados más de una década!

Eso era lo que estaba esperando. Tras darle un sorbo a la taza de chocolate, miró fijamente al productor de cine.

—Si bien no he estado en el apartamento que compartían ambos, he visto todas las fotos tomadas por la policía. —Abrió el sobre que tenía consigo y dejó caer el contenido sobre la mesa. Señaló una foto del baño—. No hay ni un solo producto masculino en las encimeras. Ni cepillo de dientes ni crema de afeitar ni cuchillas ni peine… Nada.

—Eso no significa…. —Hayden levantó un dedo para darle a entender que no había terminado y le puso delante una foto del salón, donde se veía un sillón enorme.

—Este sofá se hace cama, por eso, si se fija en el suelo, verá rayones en la madera donde se apoya la parte extensible de la cama. Si presta atención, verá que son muchos rayones, lo que da a entender que se utilizaba a menudo. —Movió el dedo de nuevo y señaló el cuarto en el que se encontró el cuerpo de Olga, donde ahora se veía una cama deshecha vacía—. En toda la habitación no hay absolutamente nada que le pertenezca, ni ropa en los armarios ni zapatos ni un libro en la mesita de noche. Todo lo que hay era de Olga.

Se quedó en silencio mirando a Eoin, cuyo rostro pálido bien podría reflejar la luz de la sala de interrogatorios.

—Mi teoría es que Olga se hartó de sus constantes aventuras y que el matrimonio llevaba roto mucho tiempo —concluyó.

La reacción de Eoin a las palabras de Hayden fue inmediata: hecho una furia, se levantó bruscamente para acercarse, pero Mayordomo le dio un «amable» empujón que lo lanzó de vuelta a la silla y lo desplazó varios centímetros hacia atrás. Luego le lanzó una mirada que bastó para que cerrase la boca y entendiese que, si volvía a intentar algo así, no se llevaría un mero empujón.

—Disculpe a Mayordomo —sonrió Hayden—. Se toma mi seguridad muy en serio.

Eoin cogió el vaso de agua de plástico que tenía delante y se lo bebió de un trago. Su asistente volvió a llenarlo sin atreverse a mirarlo a los ojos.

—No lo entenderías —empezó a decir—. Llevábamos casados siete años cuando Olga decidió que lo suyo no era la vida en pareja. Quería experimentar, conocer a otras personas, ser libre. —Eoin gesticulaba con los brazos, siguiendo un hilo—. Me negué a divorciarme, y por la cláusula que teníamos en nuestro matrimonio sabía que si era ella quien me dejaba no se llevaría absolutamente nada, por lo que llegamos al acuerdo de fingir delante de las cámaras. —El productor hundió los hombros en la silla—. Ella podía hacer lo que quisiera siempre y cuando fuera discreta, y yo igual, aunque no he estado con ninguna mujer aparte de ella desde entonces.

Atrás había quedado el papel de productor de cine exitoso. Delante tenían al verdadero Eoin.

—Tenía la esperanza de que una vez que viviera un poco quisiera volver a estar conmigo —prosiguió—, pero hace unas semanas, mientras estaba en Londres, me llegaron los papeles del divorcio. —Suspiró, puso los codos sobre la mesa y apoyó la frente sobre las manos—. La llamé por teléfono y me dijo que no le importaba el dinero, que había encontrado al amor de su vida y que necesitaba que yo también fuera feliz. —Las lágrimas asomaron en su cara. Hayden se sorprendió al ver que no eran fingidas. El productor podía ser muchas cosas, pero estaba claro que había amado a su mujer hasta el final—. Recogí las cosas y tomé el primer vuelo de vuelta a Irlanda, pero cuando llegué... El resto ya lo sabéis.

El silencio envolvió la sala hasta que Kiaran retomó las riendas de la conversación.

—En el primer interrogatorio nunca nos contaste nada de esto. ¿Por qué?

Eoin lanzó una carcajada sin humor.

—¿Y contaros que mi matrimonio estaba acabado? ¿En qué hubiera ayudado en ese momento?

—Nos hubiera dado un sospechoso al que intentar interrogar —contestó la detective—. ¿Sabe quién era este nuevo amante?

—Solo sé una cosa por lo que me dijo Olga en la última llamada que tuvimos. —Apoyó de nuevo la espalda y se cruzó de brazos—. Era una mujer.

12

El interrogatorio terminó poco después, y tras confirmar que más allá de conocerse por frecuentar los mismos círculos del famoseo de la isla Charles y Eoin no parecían tener conexión alguna, Kiaran dejó marchar al productor, no sin pedirle antes que no abandonara la isla, por si tuvieran más preguntas que hacerle.

Hayden se quedó en la sala hasta que volvió ella. Le pidió que se sentara de nuevo y le contó todo lo que sacó de la conversación con Vivienne, incluso lo de la misteriosa pareja del compositor. Omitió la charla con su abuela por motivos obvios.

—¿Cuáles son las posibilidades de que ambas víctimas estuvieran viendo a la misma mujer? —La detective se llevó la mano a la barbilla—. Está claro que de ser la misma persona sería nuestra sospechosa principal, pero no tenemos por dónde empezar a buscarla.

—La pregunta principal sigue siendo la misma: ¿por qué ha desangrado a las dos víctimas y ha vertido la sangre en la ducha de la segunda? ¿Cuál es la lógica que sigue el asesino?

Por mucho que intentaba evitar meter la leyenda de lea-nan sídhe en el caso, se le hacía difícil que su cabeza no volviera una y otra vez a la historia que le había contado su abuela, sobre todo ahora que, gracias a la conversación con Eoin, habían descubierto que el amante de Olga también era una mujer.

—Creo que por hoy ya hemos tenido suficiente todos —declaró Kiaran, para la que no había pasado desapercibida la incomodidad de Hayden, quien se estaba rascando las muñecas de forma compulsiva—. Reunámonos mañana por la mañana, más frescos, para ver cómo seguimos.

Mayordomo asintió con la cabeza, recogió la taza de chocolate y acompañó a su ahora silencioso maestro fuera de la sala. Lo fue dirigiendo con una mano apoyada en el hombro, al llegar al coche lo acomodó en el asiento de atrás y se pusieron en camino de vuelta a casa.

Aun estando completamente despierto, Hayden no pronunció palabra alguna durante el trayecto. Ese era uno de los motivos por los que apenas salía de los terrenos de su hogar. No era únicamente que no le gustase la proximidad física de otras personas; el problema también se centraba en la cantidad de información que recibía mientras estaba fuera.

Hayden recordaba todo lo que veía y era capaz de almacenarlo en su cabeza, ya fueran sonidos, imágenes o sensaciones, para más adelante procesarlo y llegar a las conclusiones y teorías por las que era tan apreciado.

Era una habilidad genial para un trabajo policial, pero el problema surgía cuando recibía demasiados datos. Entonces caía en un estado semicatatónico y necesitaba unas cuantas horas de descanso para salir de él mientras su cerebro procesaba todo lo que había asimilado. Las secuelas de una sobrecarga sensorial eran siempre una migraña enorme y varios días de fatiga.

Los dos últimos, como no había tenido tiempo para descansar entre caso y caso, lo habían llevado al límite, pero, sentado en la parte de atrás del coche, su cabeza trabajaba sin descanso intentando organizar todo lo aprendido.

Esto comenzó cuando era pequeño, mucho antes del fallecimiento de sus padres. El primer día de colegio se desmayó tras una hora en aquel lugar. Lo que en un primer momento se consideró miedo a estar solo en un sitio desconocido pronto pasó a ser preocupación por si ocurría otra vez el segundo día.

Por lo que recordaba, sus padres lo llevaron a un sinfín de médicos, hasta que un psiquiatra le diagnosticó síndrome de Asperger, un trastorno neuronal que afectaba especialmente a las comunicaciones e interacciones sociales. Esto se unió a la ya de por sí alta inteligencia de Hayden, creando un combo que ninguna mente podría aguantar sin algún tipo de consecuencia. Con los años aprendió a controlarlo todo lo posible, pero, una vez que llegaba al punto en el que su mente había asimilado demasiada información, se convertía en un ser humano dependiente por completo de Mayordomo, su guardián constante.

Finalmente llegaron a los terrenos de la casa, que, como por la mañana, estaban vacíos a excepción de los dos guardias de seguridad que patrullaban la entrada las veinticuatro horas del día.

Atravesaron los campos repletos de viñedos y el pequeño bosque en el que los antiguos dueños cazaban ciervos importados de otros países y pasaron por el lago que, gracias a las abundantes lluvias, se había llenado con más rapidez que otros años, antes de cruzar el muro interior que los llevaba a la mansión.

Mayordomo llevó el coche a la entrada principal, paró el motor, cogió a Hayden en brazos como si de un niño pequeño se tratase y lo llevó a la salita de estar, donde lo puso en un sofá y lo arropó con una manta.

Luego aparcó bien el coche, cerró las puertas y encendió la chimenea de la salita antes de volver a la sala de estar con un humeante tazón lleno de chocolate caliente. Era la versión especial para días como ese, bien cargado de cacao.

Pasadas un par de horas, más tranquilo y capaz de moverse, ya sin ruidos ni luces que lo molestasen, Hayden se levantó del sofá y, tras pedirle la tableta a Mayordomo, empezó a transcribir sus pensamientos en un documento. Este ejercicio tan simple lo ayudaba a ordenar sus ideas y a sacar conclusiones.

Tal y como le había dicho a Kiaran antes de salir de la comisaría, la pregunta de la sangre era una constante en su cabeza, pero como sabía que no tenía solución a esa incógnita por el momento, decidió buscar conexiones entre ambas víctimas, ya que estaba claro que habían sido seleccionadas y no escogidas al azar.

Por un lado tenía a Charles Diggery, varón soltero y un compositor aclamado que recientemente había ganado un Oscar a la mejor banda sonora del año. En el otro estaba Olga Nóvikov, mujer casada y actriz de televisión que en su primera aparición en una obra de teatro fue nominada y ganó el IFTA a la mejor actriz del año. ¡Ahí estaba el enlace!

Hayden se dio un golpe en la cabeza con la mano, que no ayudó en absoluto a su migraña, y Mayordomo, que estaba sentado en uno de los sofás al lado de donde se encontraba su maestro, esperando por si necesitaba cualquier cosa, lo miró con preocupación.

—¿No lo entiendes, Mayordomo? —exclamó mientras señalaba el documento repleto de garabatos que había escrito—. ¡Esa es la conexión!

La mirada en blanco que le dirigió aquel no le afectó en absoluto. El hombre suspiró, sin entender por qué él no había llegado a la misma conclusión que Hayden.

—¡Los dos han sido reconocidos como los mejores en su industria! —Su sonrisa era tan grande que se podían contar los dientes—. Charles recibió un premio que normalmente solo se obtiene una vez en la vida, el punto álgido de su carrera, mientras que Olga, en su primer año trabajando en teatro, obtuvo el premio a la mejor actriz del año. ¡No hay galardones más importantes en su sector!

Mayordomo entendía las palabras, pero no conseguía comprender por qué el asesino consideraría eso tan importante como para acabar con su vida.

—Acuérdate de lo que dijo la abuela —prosiguió Hayden, que se tocó la frente con un dedo—. La leanan sídhe sirve como inspiración a los artistas. Primero los ayuda a ser reconocidos mundialmente y acto seguido los asesina. ¡Luego se baña en su sangre para empaparse de su creatividad y ser hermosa y joven para siempre!

Se levantó tan de golpe que se mareó, y Mayordomo lo ayudó a volver a tumbarse en el sofá. El entusiasmo era contagioso, pero su trabajo consistía en cuidar de su maestro y ponía en ello todo su empeño, aunque fuera en detrimento de sus propios deseos.

—Esto explicaría la sangre encontrada en la ducha. La asesina, porque tiene que ser la mujer misteriosa que acompañó a ambos en sus últimas horas antes de morir, les drenó la sangre para bañarse en ella.

Tras esta frase volvió el silencio a la sala. Si lo que acababa de deducir Hayden era correcto, el posible número de víctimas se veía increíblemente reducido. Al fin y al cabo, Irlanda tenía un número finito de artistas reconocidos que estuvieran viviendo en la isla en la actualidad.

—Mayordomo, llama a la detective Kiaran, necesitamos contarle esto enseguida. —Hizo además de levantarse, pero se vio obligado a tumbarse de nuevo para evitar marearse.

El hombre sacó el teléfono que tenía en el bolsillo del traje y marcó un número. Descolgaron al segundo tono.

—Detective, he descubierto la conexión entre ambas víctimas. ¡Tenemos algo con lo que trabajar! —El silencio siguió a las palabras de Hayden—. ¿Detective?

—Estoy aquí, Hayden —dijo Kiaran tras un suspiro—. Acabamos de encontrar una nueva víctima, y es mucho peor que antes.

Hayden dejó caer el teléfono y perdió el sentido, completamente drenado de energía.

13

Tomarse un chocolate caliente teniendo migraña era como intentar apagar un fuego añadiendo más combustible, pero a ojos de Hayden era mejor sufrir un dolor de cabeza agudo que no beberse uno nada más despertarse. Su dependencia al cacao se había incrementado de forma exponencial desde que empezó a trabajar en casos que lo obligaban a salir de casa, pero Mayordomo, que también era su médico personal, parecía estar feliz de que solo tuviera este pequeño vicio.

Lo último que recordaba de la noche anterior era la llamada a Kiaran, que le habló de la aparición de un nuevo cadáver, y que perdió el conocimiento poco después. Lejos de sentir vergüenza por ese momento de debilidad, se levantó del sofá en el que había dormido y pasó por delante de Mayordomo, que estaba leyendo el periódico sentado en el sofá más cercano. Hayden sospechó que había estado en vela, vigilando su salud.

Recogió la ropa doblada que le esperaba en una estantería pegada a la puerta del baño y se dio una ducha más larga de lo normal mientras pensaba en todo lo ocurrido esos últimos días. Era muy consciente de que se estaba forzando más de lo que debería. Se encontraba bien de salud y, gracias al régimen de ejercicios draconiano que Mayordomo lo forzaba a seguir tres veces por semana, se podía considerar una persona en forma, aunque notaba que la cabeza le iba algo más lenta de lo normal.

Vestido con una camiseta de Metallica, unos vaqueros azules y unas botas de monte, salió del baño listo para preguntarle a Mayordomo por la ubicación del nuevo cadáver. Para variar, el hombre ya estaba esperándolo con la mochila en la mano, además de un chubasquero y un bote de colonia.

—Entiendes que esto que haces de leerme la mente es espeluznante, ¿verdad? —Mayordomo, en silencio, se limitó a mirarlo fijamente mientras extendía la mano con el perfume—. A veces creo que vivo con uno de los álienes de *Aulas peligrosas*. No tendrás deseos de estar bebiendo agua todo el rato, ¿no? —Suspiró Hayden mientras se rociaba el cuerpo.

Por su parte, Mayordomo le dedicó una de sus pequeñas sonrisas y, agarrándolo del hombro, lo dirigió fuera de casa.

—¡Me raptan! —se quejó de forma fingida Hayden mientras iban al coche—. ¡Este señor quiere hacerme cosas terribles en la oscuridad!

El nuevo cuerpo fue descubierto la tarde noche anterior en una de las aulas utilizadas por el departamento de arte del GMIT, el Instituto Tecnológico de Galway, por un estudiante de arte que necesitaba recoger unos materiales para un proyecto de final de carrera. El pobre había entrado en el aula y, tras encender la luz, echó a correr por todo el campus gritando como un poseso.

Galway es la ciudad más grande del oeste de Irlanda y la capital de la provincia de Connacht. Al igual que Dublín y Cork, está especialmente diseñada para acoger a turistas y estudiantes. Estos últimos tienden a elegir una de las dos universidades más galardonadas de Europa, por lo que cada vez llegan más, lo que hace que la ciudad y la cultura de la gente del lugar vayan cambiando según pasan los años.

También cuenta con algunos de los festivales más importantes de la isla, por lo que es un lugar visitado sobre todo durante el verano y en noviembre, cuando se celebra el festival de las artes.

Además, su clima templado tirando a fresco hace que sus playas reciban muchas visitas en verano, y se ha desarrollado todo un complejo de entretenimiento a lo largo de la costa para atraer a más turistas.

Se fundo alrededor de 1124 y su nombre viene del irlandés antiguo *gaillimh*, que significa «río rocoso». Esto se debe al Corrib, que atraviesa la ciudad y desemboca en el Atlántico, y cuyo fondo está formado mayoritariamente por cantos rodados.

La abuela de Hayden contaría una historia completamente diferente sobre el origen del nombre de la ciudad: se llama así gracias a Galvia, la hija del rey Breasal, que se ahogó cerca de una de las rocas del río Corrib, y hoy en día, en noches de tormenta, aún se la oye llamar a su padre, y cualquier pobre hombre que va en su busca siguiendo sus lamentos desaparece sin dejar rastro.

Aun siendo habladurías de viejas, todo hostal avisaba en noches de tormenta a sus huéspedes para que evitasen salir a las calles, no fuera a llevárselos el mar.

Galway estaba a una hora y media de Athlone en coche gracias a la autopista central, y Hayden disfrutó del viaje más que en otras visitas a diferentes rincones de la isla. El cambio entre provincias se hacía evidente tan pronto como empezaban a acercarse a la ciudad, con el fino olor a sal que entraba por la ventanilla. Incluso Mayordomo parecía algo más contento y tarareaba la canción *Galway Girl*, de Steve Earle, por lo bajini, lo que provocó una carcajada en Hayden.

La salida de la autopista los llevó por todos los campos colindantes hasta prácticamente el centro de la ciudad, donde se desviaron de las calles principales camino al GMIT, y una vez en el campus dejaron el coche en el aparcamiento de visitantes.

La universidad, reconocida de forma mundial por su currículo tecnológico, estaba rodeada de pequeñas urbanizaciones donde la mayoría de sus estudiantes se hospedaban, a las faldas del bosque de Merlín, que, al igual que la casa de los Waterson, fue en su época parte del Estado de los Waithman, una familia inglesa que administraba la provincia y cuya mansión en ruinas era todavía visible en el centro del bosque.

Con la caída de la nobleza en Irlanda, la familia vendió el terreno al Gobierno, que estableció un hospital para tratar la tuberculosis. Hoy en día, además de ser un sitio por el que pasear, el bosque de Merlín alberga el hospital de Galway. Como ocurre con todas las zonas que carecen de una vigilancia exhaustiva en Irlanda, no era recomendable pasear por las noches por allí, ya que los robos con violencia eran habituales. Las personas del lugar, aquellas que llevan generaciones viviendo en la ciudad, te dirán que si paseas por la noche ignores los sonidos que vengan de entre los árboles, ya que lo más seguro es que sea un pooka intentando sacarte del camino para comerte.

Para ser domingo, la universidad estaba activa, con estudiantes deambulando de una clase a otra. Se notaba que la época de exámenes finales estaba en pleno apogeo por las caras de estrés de algunos de ellos. Por lo que parecía, ni siquiera la perspectiva de haber encontrado un cadáver evitaría que tuvieran que presentarse a sus exámenes.

Siguieron las señalizaciones marcadas por la policía hasta llegar a uno de los edificios colindantes que se encontraba completamente acordonado por agentes, donde se daban las clases de arte. Desde fuera apenas si se veían ventanas, por lo que el interior debía de ser muy oscuro. Hayden pensó que era raro escoger el edificio más oscuro del campus para enseñar artes. Mayordomo presentó sus acreditaciones y los dos policías de la puerta levantaron las cejas y los dejaron pasar.

—Algún día tendrás que dejarme utilizar esas acreditaciones a mí. Con suerte, igual puedo usarlas para pedir comida —le dijo Hayden mientras entraban en la oscuridad del edificio, y Mayordomo le dirigió una mirada cargada de reproche—. ¡Eh! No digo que tu comida esté mal, pero a veces me gustaría pedir una pizza o algo. —Mayordomo lo miró como si estuviera hablando en un idioma que no conocía.

Hayden guardó silencio tan pronto como vio a la detective Kiaran, que estaba en frente de una de las aulas que también servían como sala de estudio, donde los alumnos pasaban horas pintando, esculpiendo o haciendo aquello en lo que se centrara su arte. Kiaran levantó la mano a modo de saludo nada más verlos y les indicó que se acercaran.

—Menudo susto me diste ayer por la noche —comenzó con una sonrisa—. Si no llega a decirme Mayordomo que todo estaba bien, habría enviado una ambulancia inmediatamente a tu casa. Si supiera dónde vives, claro.

—Muchas gracias. No te preocupes, estoy bien. —Hayden se sentía incómodo con esa cercanía personal que parecía ir creándose entre Kiaran y él, y no sabía bien cómo reaccionar ante sus muestras de preocupación—. ¿Podemos entrar?

—Claro —contestó ella—. Te aviso de que es desagradable.

Si había alguna forma de describir la escena que los recibió nada más entrar fue la de un infierno sobre la tierra. El suelo estaba completamente ensangrentado y, en medio del aula, en posición fetal, se encontraba la víctima, desnuda y cubierta de sangre y pintura por igual.

El olor a sangre seca y podredumbre le invadió las fosas nasales, y su cuerpo reaccionó de forma visceral con una arcada que contuvo a duras penas.

El forense no había ordenado aún el levantamiento del cadáver, por lo que Hayden lo observó con detenimiento desde un lateral, sin querer quebrantar los patrones de sangre que lo rodeaban. La clase, al igual que las colindantes, servía como aula y sala de estudio. Además de pupitres, que estaban situados de forma escalonada contra la pared, contaba con un sofá cama, varios sillones y una pequeña cocina en un rincón.

—¿Qué sabemos de la víctima? —preguntó Hayden a Kiaran, que continuaba en la puerta, evitando pasar demasiado tiempo en su interior.

—Está cubierta de sangre, por lo que no podemos confirmar del todo su identidad, pero solo una persona tenía reservada la sala para este fin de semana: Sarah Burke, de Watford, Inglaterra —contestó ella mientras echaba un vistazo a su bloc de notas.

—¿Era una estudiante extranjera? —Hayden levantó las cejas. Aquello no cuadraba con el *modus operandi* que había seguido el asesino hasta ahora.

La mujer no era una artista reconocida en su campo ni parecía ser parte del grupo de artistas y famosos con el que solían relacionarse Charles y Olga. Más allá de ser artistas, ¿dónde estaba el enlace entre los tres?

—Podríamos estar ante un imitador —dijo en voz alta Hayden, y señaló la sangre en el suelo—. La sangre derramada y el caos general no concuerdan con lo que hemos visto en las anteriores escenas, donde el asesino se ha tomado su tiempo en limpiar y en prepararlo todo a su gusto. ¿Estamos seguros de que es la misma persona?

—No lo estábamos, hasta que hemos visto el boceto del cuadro que estaba pintando. —Kiaran señaló un cuaderno de dibujo apoyado en el sofá—. Después de lo que descubriste en el lavabo del hotel en el que se alojaba Charles, no pude evitar hacer una conexión. No veo probable que esta fijación con la sangre también se dé en otro asesino al mismo tiempo.

Hayden se acercó y abrió la última página, donde se veía un dibujo de una mujer con el pelo rojo como el fuego vertiéndose encima un líquido escarlata que solo podía ser sangre desde una vasija que sostenía con las dos manos. El boceto era extremadamente detallado y, sin duda, hermoso, aunque por algún motivo que no alcanzaba a explicar a Hayden solo le transmitía tristeza. Había recibido una educación extensiva sobre arte y sabía que, si el boceto era así de bueno, el cuadro debía de ser increíble.

—¿Dónde está el cuadro? —preguntó señalando el caballete vacío situado junto al cuerpo. La ausencia de manchas detrás de este dejaba claro que ahí debería haber un lienzo.

—Eso es lo extraño —contestó Kiaran en voz baja—. Alguien se lo ha llevado antes de que llegáramos nosotros.

14

—¿Alguien se ha llevado el cuadro y nadie lo ha visto? —Hayden señaló la base—. ¿Os habéis fijado en el tamaño de ese caballete? El lienzo no es precisamente pequeño. ¡Alguien ha tenido que ver algo! —El tono de su voz era de clara incredulidad.

—Las cámaras de seguridad de esta zona llevan semanas sin funcionar después de la última tormenta eléctrica y, de acuerdo con la lista de aulas reservadas, no había nadie más en todo el edificio —contestó Kiaran, claramente molesta con la situación—. Ya tengo al equipo recorriendo todo el campus en busca de posibles testigos. De todas formas, su familia de acogida ha sido avisada y nos están esperando en su casa. Está aquí al lado, junto al bosque de Merlín.

Hayden echó un último vistazo a la escena del crimen y se volvió a la detective.

—Tenemos que hablar en privado sobre la teoría por la que me decanto. —Señaló a su alrededor—. Después de ver esto, estoy convencido de tener al menos algo a lo que agarrarnos y poder trabajar.

—No he querido preguntar después de tu llamada de ayer y las circunstancias de esta mañana, pero reconozco que esperaba que me dijeras algo —sonrió Kiaran—. Vayamos a tomar un café aquí al lado.

Dejaron atrás la que pronto pasaría a ser conocida como «la clase del diablo» en la universidad, donde ningún profesor querría enseñar ni ningún alumno utilizarla como sala de estudio, y salieron a la luz del día, donde la atmósfera opresiva del edificio desapareció y tuvieron la sensación de respirar libremente de nuevo. Pasaron el aparcamiento y cruzaron la carretera para llegar a la estación de servicio, en la que, como es tradición en Irlanda, había un Supermac's.

No hay familia autóctona que no lo conozca. Con más de cien establecimientos por todo el país, es la cadena de comida rápida irlandesa más grande del mundo. Siempre y cuando no hubiera otro restaurante de comida rápida de franquicias más internacionales en un pueblo, podías encontrar un Supermac's.

El situado en la carretera frente a la universidad era muy conocido por razones obvias, pero hoy estaba reservado a la policía, y el equipo había establecido su centro de mando temporal entre sus mesas repletas de grasa. Hayden no pudo evitar sonreír al ver a algunos de los detectives sentarse con sus portátiles frente a la zona de juego infantil. De no ser por el motivo por el que estaban ahí, habría sido de lo más cómico.

Los tres se sentaron en la mesa más alejada del centro, donde nadie los oiría si hablaban por lo bajini, y una vez que Mayordomo hubo servido a Hayden un chocolate del siempre listo termo y a Kiaran un café de dudosa calidad sacado de las cocinas del Supermac's, ella se dispuso a tomar notas.

—Ayer le empecé a dar vueltas a todo lo ocurrido y lo discutí con un consultor externo. —Esta era una definición algo abierta sobre la conversación que tuvo con su abuela, pero prefería no entrar en demasiados detalles que pudieran hacer que no se tomara en serio su teoría—. Llegué a una posible relación entre las víctimas y la forma de seleccionarlas del asesino. Charles Diggery, como compositor, estaba en el punto más alto de su carrera —empezó a explicar—. Acababa de ganar un Oscar a la mejor banda sonora, y eso es muy difícil de repetir. Normalmente todo lo que venga después siempre será inferior.

Kiaran asintió, intentando adivinar hacia dónde se dirigía Hayden.

—Y Olga Nóvikov —prosiguió—, una actriz que abandonó su carrera tras participar en películas de Hollywood sin pena ni gloria, consiguió su primer premio como mejor actriz en los IFTA de este año. ¡En su debut teatral! —Hayden no entendía por qué no veía la conexión.

—Vale, veo una relación entre ambos. ¿Dónde entra nuestro asesino en todo esto? —preguntó Kiaran.

—¿Conoces el mito de leanan sídhe? Para resumirlo rápidamente, es la musa de los artistas, los genios y los pensadores. Es la criatura que da la inspiración necesaria para que creen sus mejores obras. A cambio de esa inspiración, los consume; acaba con su vida y se baña en su sangre, con la que obtiene su juventud y poder. De ahí que los cuerpos estén drenados y que la ducha de la habitación de Charles estuviera repleta de sangre. ¡Se había bañado en ella!

Kiaran se quedó en silencio unos segundos.

—Como teoría está bien. —Dejó el bolígrafo sobre la mesa—. Pero no creerás en serio que el asesino es un hada de la mitología, ¿verdad?

—No, no creo que sea un hada —contestó Hayden enfadado—. Creo que el asesino está utilizando el mito de la leanan sídhe para esconder el verdadero motivo de sus asesinatos y que todo esto no es más que un teatro que organiza para despistarnos.

—Consideremos por un momento que tienes razón y que el asesino es en realidad un hombre o una mujer que tiene como objetivo a algunas de las mentes más brillantes y reconocidas que hay actualmente en Irlanda. —Kiaran se cruzó de brazos, clara indicación de que la teoría de Hayden no la convencía—. ¿Dónde entra nuestra estudiante? No era reconocida en los círculos artísticos y, tras echar un vistazo a sus perfiles en las redes, tampoco era una influencer.

—Eso es lo que necesito averiguar —explicó Hayden mientras agarraba la mesa de metal con tanta fuerza que se le ponían los nudillos blancos—. Esta última víctima no entra dentro del perfil que busca el asesino, a no ser que se nos esté pasando algo por alto.

—Hagamos una cosa. —Kiaran levantó las manos en gesto de paz—. Vamos a hablar con la familia de acogida de Sarah para ver si encontramos algo que tuviera en común con las otras dos víctimas.

Se levantaron y salieron del restaurante camino a la casa de Sarah.

Acoger a estudiantes era algo muy común en la isla, y un número elevado de familias irlandesas debían su supervivencia al dinero que recibían por albergar a estudiantes de otros países durante el tiempo que estuvieran allí. Lo común era acogerlos durante un año escolar bien entrada la enseñanza secundaria, pero la llegada de estudiantes fue en aumento y se estableció también entre los universitarios, que, en vez de compartir apartamento con otros siete alumnos o quedarse en una residencia donde les resultaría más difícil concentrarse para los exámenes, buscaban una segunda familia que los cuidase.

No era raro que estas relaciones duraran más allá del tiempo que pasaban en la isla ni que el crío que estuvo un año estudiando en secundaria volviese para completar sus estudios universitarios.

Si el pequeño informe que tenía Kiaran de Sarah era correcto, esto era lo que había pasado con ella. Pasó todo un año escolar en casa de los Byrne cuando tenía catorce años y se enamoró de la isla y la familia, por lo que mantuvo el contacto, y en cuanto cumplió dieciocho solicitó la entrada al GMIT única y exclusivamente para poder volver con su familia adoptiva.

Tras un pequeño paseo rodeando el campus, con el bosque a un lado, llegaron a la casa de los Byrne. El adosado era exactamente igual al resto de las casas que componían la urbanización, y, si bien se trataba de un barrio bonito, con jardines y casas cuidadas, se notaba que necesitaban mantenimiento.

Como casi todas las urbanizaciones fuera del centro de la ciudad, se construyeron a mediados de los ochenta con materiales que no siempre eran los apropiados, lo que ocasionó el envejecimiento prematuro de construcciones que deberían haber aguantado perfectamente otros veinte años sin dar ningún tipo de problema.

En la puerta los esperaba miss Byrne, que lloraba a moco tendido mientras su marido la abrazaba. Estaba claro que la familia sentía mucho aprecio por Sarah.

—Disculpen, señores Byrne. Mi nombre es Kiaran y estoy al cargo de esta investigación. Sé que los han avisado de que estábamos al caer. —Ofreció su mano y el padre de acogida de Sarah, Ronan Byrne, se la estrechó.

—Por favor, pasen —alcanzó a decir el hombre con un susurro de voz, y se apartó de la puerta para que Hayden y Kiaran entraran seguidos por Mayordomo.

El interior de la casa era un reflejo del exterior: bien cuidada, limpia y decorada con gusto. Las paredes estaban repletas de cuadros que, si Hayden tenía que adivinar su procedencia, apostaba a que eran de Sarah.

En la cocina los esperaba una mesita con varias sillas, unas tazas y unas pastas. Se sentaron todos y cuando miss Byrne hizo ademán de levantarse a preparar el té, Mayordomo le puso de forma delicada la mano en el hombro para indicarle que él se encargaba de todo.

Para Hayden, estar dentro de un hogar tan familiar no era nada cómodo. Se veía que la gente de esta casa se quería y que lo estaba pasando mal, y él no tenía forma de ayudarles ni sabía qué decir para mejorar la situación. Tal y como le había enseñado Mayordomo, decidió mantenerse en silencio y dejar que Kiaran llevara las riendas del interrogatorio.

—Nos gustaría saber más sobre Sarah —comenzó la detective tras dar un sorbo al té que había preparado Mayordomo—. Cómo era con ustedes, si tenía amigos, si salía de fiesta… ¿Un novio, quizá?

—Era un sol —dijo Ronan después de sonarse los mocos y limpiarse las lágrimas de los ojos—. Desde el día en que llegó, formó parte de nuestra familia. —Señaló una mesita junto a las escaleras que llevaban al piso de arriba, donde se veían varias fotos de Sarah con diferentes edades—. Nosotros nunca pudimos tener hijos, ¿sabe? —alcanzó a decir con la voz rota—. Cuando nos apuntamos al programa de acogida no esperábamos gran cosa, pero Sarah nos hizo sentir que realmente no estábamos solos.

—Incluso después del primer año que pasó con nosotros, continuó llamándonos y viajando a vernos cada vez que podía —dijo miss Byrne a duras penas, que se había mantenido en silencio hasta el momento—. Quería a sus padres más que a nada en el mundo, y nos veía a nosotros como a sus abuelos. Tenemos que llamar a sus padres…, cómo tienen que estar los pobres. —Sollozó, y su marido le dio un abrazo—. Respecto a si Sarah salía o tenía pareja, normalmente os diría que no. —Agarró una de las fotos y la miró fijamente con un cariño que se palpaba—. Pero estos meses empezó a reunirse con otro grupo de artistas en unas fiestas a las que la invitaron desde la universidad. Gente como ella, con la que podía discutir y mostrar su arte y que fuera apreciado. —Apoyó la foto sobre la mesa de la cocina—. Estaba superorgullosa cuando nos contó lo importante que era para su carrera el haber sido invitada a una de las fiestas de mecenazgo de Eoin Quigley, ¡el mayor productor de cine de Irlanda, ni más ni menos!

El silencio inundó la pequeña cocina y Hayden no pudo evitar pronunciarse.

—¿Está usted segura de que su hija fue invitada a estas fiestas? —Eran muy exclusivas y solo la *crème de la crème* del famoseo irlandés gozaba de ese privilegio.

—Claro, si hasta nos mostró una foto de la primera a la que acudió —contestó miss Byrne, y se levantó para traer otra de las fotos que había en la entrada.

La puso en la mesa y tanto Hayden como Kiaran se acercaron a observarla con detenimiento. Efectivamente, a un lado estaba Sarah, sonriendo con una copa en la mano y el brazo por encima del hombro del compositor Charles Diggery.

15

Después de pedir la foto prestada y prometer devolverla tan pronto como cerrasen la investigación, Hayden, Mayordomo y Kiaran salieron de la casa. La actitud de Hayden era taciturna, sin embargo Kiaran parecía a punto de echar a correr en cualquier momento. Además de sonreír, daba pequeños saltitos al caminar mientras se alejaban lo suficiente de la casa de los Byrne para hablar en privado. Una vez en el linde del bosque, no pudo esperar más.

—¡La conexión es Eoin! —exclamó en voz alta—. Sabía que no era trigo limpio desde que hablamos con él. —Y se golpeó en la palma con el puño de la otra mano—. Me apuesto lo que quieras a que su mujer también estaba en alguna de las fiestas en las que coincidieron los tres. —Se dio la vuelta para mirar a Hayden, que continuaba serio—. ¿Por qué esa cara? ¡Tu teoría podría ser cierta! —Fue a darle una palmada en la espalda, pero Mayordomo, suave pero claramente, le dijo para disuadirla: «Ejem».

—Sí, la conexión entre los tres es Eoin, eso es verdad —asintió Hayden, que mantenía la mirada seria mientras avanzaban por el linde del bosque—. Pero no ha podido ser él. —Cualquiera que echase un vistazo dentro del cráneo de Hayden vislumbraría engranajes dando vueltas; parecía a punto de echar humo—. Tal y como comprobasteis —dijo, levantando la mirada hacia Kiaran—, estaba fuera del país durante la muerte de su mujer.

El entusiasmo de Kiaran bajó de nivel y su sonrisa dio paso a una expresión pensativa.

—¿Es posible que tenga un cómplice? —preguntó.

—Puede ser, no podemos descartarlo, pero sigo sin entender cuál sería su motivo para asesinar a tres artistas —continuó Hayden mientras se acercaban a la salida de la carretera que los llevaría de nuevo al Supermac's—. Eoin es vanidoso, egocéntrico y, por lo que pude ver durante el interrogatorio, está aterrorizado por la opinión pública. —La frustración se hizo patente en su tono de voz—. No me lo imagino asesinando a tres personas para después desangrarlas y bañarse en su sangre.

—Eso es si tu teoría sobre la sangre es correcta —dijo Kiaran.

Cruzaron la carretera y entraron de nuevo en el Supermac's, donde se sentaron en la misma mesa alejada del centro. Mayordomo dejó la mochila y se introdujo en la cocina de nuevo, presumiblemente para preparar un café para Kiaran y más chocolate para Hayden.

—Podría haber hecho todo eso solo para despistarnos, para hacernos pensar que los asesinatos han sido más complejos de lo que en realidad son.

—De todas formas, de ahora en adelante Eoin es uno de nuestros principales sospechosos —sentenció Kiaran.

Kiaran se llevó el teléfono al oído y llamó a la comisaría de Cork para que unos agentes fueran a casa de Eoin, donde se presentarían en unos minutos y le pedirían amablemente que los acompañase de nuevo a la comisaría de Athlone. Hayden estaba seguro de que el productor de cine exclamaría a los cuatro vientos su inocencia, y seguramente se pondría bastante pesado durante el traslado. Mayordomo volvió a la mesa con la esperada taza de chocolate para Hayden y el café para Kiaran.

—¿Te importa si vuelvo a estar presente en el interrogatorio de Eoin? —preguntó él; Mayordomo lo miró con asombro, parecía sinceramente impresionado. Este caso debía de tener a su maestro realmente enganchado si estaba dispuesto a tener tanto tacto a la hora de tratar con otros seres humanos—. Puedo pedir las cosas por favor, ¿sabes? —le aclaró, y el hombre fingió sorpresa, como si no supiera de lo que estaba hablando.

Kiaran se llevó la taza de café a los labios y le dio un sorbo. No sabía cómo lo hacía, pero Mayordomo era capaz de hacer un buen café incluso en un restaurante de comida rápida, y no por primera vez se preguntó si también llevaba en esa mochila suya. Algún día le echaría un vistazo.

—Claro que puedes estar presente —respondió ella—. Pero te voy a pedir que lleves tú las preguntas. —Y lo señaló con el dedo meñique mientras agarraba con las dos manos la humeante taza—. Tu interrogatorio de ayer lo puso contra las cuerdas, y estoy segura de que ahora mismo siente terror ante la idea de volver a tener que hablar contigo.

Hayden asintió y ambos se quedaron en silencio mientras se terminaban sus bebidas.

El dolor de cabeza parecía crecer según pasaban las horas, y aunque era consciente de que el motivo principal por el que el ibuprofeno no le hacía efecto era el chocolate caliente, lo necesitaba para funcionar. Cada sorbo lo ayudaba a afrontar estar rodeado de gente, pero incluso la bebida tenía un límite. El aviso de ayer estaba claro. Necesitaba poner freno a tanta interacción antes de que su cabeza decidiera que ya era suficiente y se pasara varios días sin poder salir de casa. No podía permitir que su débil mente se la jugara de esta forma.

Miró a Mayordomo, que, como siempre, parecía saber exactamente lo que estaba pensando, y le ofreció una sonrisa tranquilizadora, que contrastó con la mirada de preocupación que le devolvió el hombre. El trabajo principal de este era cuidarlo y asegurar su bienestar, y ambos sabían que en el momento en el que considerase que Hayden no podía más se lo llevaría de vuelta a casa, sin importarle las quejas ni si el caso se quedaba sin resolver. Para Mayordomo no había nada más importante que la seguridad de Hayden; el resto era secundario.

Se encaminaron al aparcamiento de la universidad. Quedaron en verse en la comisaría de Athlone y el trío se separó para viajar en sus respectivos coches. Como siempre que aparcaban en una zona pública, un pequeño grupo de personas se había reunido a su alrededor para apreciar el vehículo; eran cuatro estudiantes sacándole fotos.

Se hicieron a un lado y cuando uno de los presentes alzó su teléfono móvil para retratar a Hayden, probablemente pensando que era alguien famoso por el coche y el enorme acompañante que llevaba consigo, Mayordomo se puso en medio, cortando su ángulo de visión y facilitando la entrada de Hayden en el coche sin que nadie le sacara el rostro.

Ya dentro, Hayden se burló de la situación mientras se reclinaba en los asientos de cuero.

—Cualquiera diría que eran terroristas intentando secuestrarme.

Mayordomo respondió con un encogimiento de hombros. Cuando tenía que ver con la seguridad de su maestro, no se la jugaba ni un poco. Era de los que llevaba al extremo el dicho de más vale prevenir que curar.

El camino a Athlone lo hicieron en silencio. Hayden estuvo analizando lo aprendido de la nueva víctima. Atrás quedaban el olor a sal de Galway y sus pintorescas casas.

Estaba claro que Sarah no era una artista reconocida, pero si se basaba en lo que le había contado su abuela sobre la leyenda de leanan sídhe y cómo seleccionaba a sus víctimas, podía cubrir el perfil de artista a punto de despegar gracias a su presencia en las fiestas de Eoin, lo que habría llamado su atención.

Tenía que volver a hablar con su abuela, definitivamente. No creía ni por un solo momento que el asesino fuera en realidad un hada de la mitología irlandesa, pero no podía evitar asociar los asesinatos al mito que les había contado, y era posible que supiera algo más que los ayudase a descubrir cuál era su motivación. Por más vueltas que le daba, era incapaz de vincular el perfil de Eoin al del asesino. Había algo que se le escapaba y le sacaba de quicio no poder descifrarlo.

Mayordomo, en la parte delantera, al ver el estado de ánimo de su maestro, decidió poner algo de música. Tras unos segundos de búsqueda por la biblioteca de canciones del equipo del coche, sonrió al encontrar el tema que buscaba.

—¿En serio? —se quejó Hayden tan pronto como reconoció la canción que sonaba por los altavoces—. De todas las canciones que hay en el mundo ¿tienes que poner *The Number of the Beast*, de Iron Maiden?

En la parte delantera, Mayordomo sonreía mientras tarareaba el estribillo.

La comisaría de Athlone comenzaba a ser una parada constante en sus viajes, por lo que entrar por sus puertas no afectaba a sus sentidos de la misma forma que la primera vez. Las mesas estaban situadas en el mismo lugar, al igual que los colores de las paredes eran los mismos, y el suelo no había cambiado. Además, a diferencia de la vez anterior, la mayoría de los detectives y policías se encontraban en Galway analizando la escena del crimen, por lo que el edificio estaba casi vacío. Hayden vio que Mayordomo se relajó notablemente ante el escaso número de personas presentes.

Entonces Eoin entró por la puerta acompañado por Kiaran, dos policías y su asistente por detrás. Se veía en la expresión del productor de cine que no le hacía nada de gracia estar allí.

—Sacarme así, como si fuera un vulgar delincuente —venía diciendo en voz alta—. ¿Saben qué es lo que dirá la prensa?

—Para ser honesta —contestó Kiaran mientras le pisaba los talones—, los agentes le ofrecieron acompañarlos de forma tranquila y relajada y fue usted el que empezó a gritar como un energúmeno no sé qué de una persecución policial.

—Es que esto es una persecu… —Eoin se quedó en silencio tan pronto como vislumbró a Hayden y a Mayordomo, que lo estaban esperando en la sala de interrogatorios—. ¡Otra vez tú! —exclamó con un tono de voz que denotaba nerviosismo—. No tengo nada que contarte. —Y se quedó de pie junto a la mesa, negándose a sentarse.

Mayordomo se movió ligeramente del lado de Hayden y el productor saltó del sitio y se sentó frente a la mesa. Estaba claro que el pequeño empujón de la anterior visita le había causado impresión. Eoin le dirigió una mirada cargada de terror y apartó la vista con rapidez.

—Mister Quigley —empezó diciendo Hayden con una voz que esperaba que fuera lo más calmada posible—, no tengo intención de robarle mucho tiempo. Pero necesito que entienda que su situación no pinta nada bien. —Esta última frase la había sacado de una serie americana de policías. Tenía la sensación de estar representando una obra de teatro.

—¿Cómo que mi situación no pinta nada bien? —Eoin soltó una carcajada nerviosa—. ¡No sé si te acuerdas, pero yo ni siquiera estaba en el país cuando asesinaron a mi mujer!

—¿Conoce a esta mujer? —Hayden puso frente a él una foto en la que se veía el rostro sonriente de Sarah.

—No. En absoluto —contestó el otro; parecía decirlo totalmente convencido.

—Entonces ¿cómo explica esto? —Sacó la foto en la que se veía tanto a Sarah como a Charles Diggery en la fiesta.

—¿Cómo voy a saberlo? Podrían haberse conocido en cualquier lugar.

—Pero, mister Quigley, eso es lo gracioso —sonrió, y señaló el espacio que rodeaba la foto de Charles y Sarah—:

Sarah era una de las invitadas a sus fiestas de mecenazgo. ¿Está seguro de que no la conoce?

—Por supuesto. ¿De veras crees que soy yo quien prepara las fiestas o invita personalmente a los artistas y famosos? Llevo meses sin atender a una. Era mi mujer quien las organizaba junto con mi asistente. —Señaló la puerta cerrada de la sala de interrogatorios, donde Áine esperaba.

Hayden miró a Kiaran y esta salió fuera a por ella, que entró arrastrando los pies y sin levantar la mirada del suelo. Se sentó en la silla frente a ambos. La detective le puso delante la foto de Charles y Sarah.

—¿Reconoces a estas dos personas?

—Sí. —Y señaló con un dedo a Charles—. Este es Charles Diggery y ella es Sarah Burke.

—¿De qué los conoces? —Kiaran trataba de mantener un tono de voz amable y paciente.

—Los dos han asistido a las últimas dos fiestas de mecenazgo que organizamos mensualmente, y yo misma envié sus invitaciones. —Señaló a Sarah—. ¿Le ha ocurrido algo?

Parecía que Áine aún no se había enterado de las últimas noticias.

—Sarah Burke ha sido encontrada esta mañana asesinada en una de las aulas del GMIT de Galway. —Tanto Eoin como Áine se llevaron las manos a la boca. Kiaran miró al productor—. Espero que ahora entienda por qué lo hemos hecho venir. Tres asesinatos y lo único en común entre ellos es la fiesta de mecenazgo que organizáis.

Antes de que empezaran a replicar para eludir la culpa, Hayden tomó la iniciativa.

—¿Quién selecciona a los invitados?

Eoin se encogió de hombros, por lo que Hayden dirigió su mirada a Áine.

—La señora Quigley se encargaba de escoger a todos los invitados. Todo se basaba en contactos, noticias y recomendaciones de los diferentes artistas de la isla. —Por el tono de voz, la asistenta se enorgullecía de participar en organizar esos eventos—. Es un gran honor ser invitado, y le podía cambiar la vida a cualquiera de los presentes. —Volvió a agachar la cabeza, como si ese pequeño momento de orgullo fuera algo negativo, dadas las actuales circunstancias.

—Ahora que lo pienso —comentó Eoin—, ¿no es la siguiente fiesta dentro de poco?

Áine abrió los ojos como platos al darse cuenta.

—¡Es verdad! Tengo que cancelarla inmediatamente.

—No, no canceles nada —dijo Hayden, para sorpresa de todos—. Esta es la oportunidad perfecta para cazar al asesino. Si ha escogido a sus víctimas a través de estas fiestas, creo que estará allí, o al menos eso espero. Áine, ¿tienes la lista de invitados? ¿Hay algún nombre nuevo con respecto a las ocasiones anteriores?

—No. Esta es una fiesta especial, celebramos Samhain, por lo que hemos invitado a todos los asistentes a las fiestas del año anterior.

Samhain, cuyo significado es «el final del verano», es el origen de lo que hoy en día se conoce como Halloween. Comenzó siendo un rito en el que los diferentes clanes irlandeses despedían el verano con grandes hogueras en las que bailaban a su alrededor enfundados en disfraces para asustar a los malos espíritus que llegaban con el frío.

Se decía que era la única noche del año en la que los pueblos feéricos, llamados «sídhe», que se componían de todas las criaturas mágicas, abrían sus puertas al mundo mortal, en el que las hadas buscaban maridos humanos. También era la única noche en la que los muertos tenían permitido caminar entre los mortales, dando la oportunidad a los vivos de hablar con sus antepasados. Para mantener a estos espíritus contentos y alejar a los malos de sus hogares, se les dejaba comida en las puertas. De ahí viene la tradición de que los niños pasen casa por casa pidiendo dulces.

—¿Por qué es especial? —preguntó Kiaran.

—Porque esta es una fiesta de máscaras, y todos los asistentes acudirán disfrazados. Yo misma diseñé la temática. —El orgullo volvió a su cara—. La mitología irlandesa.

Arte 3

La confusión se apodera de mí por primera vez desde que recorro estas tierras.

Mi último amante me entregó algo que nadie más pudo, un tributo que mostraré a todo el mundo para que disfruten de lo que fue una vida corta pero llena de pasión, de deseos ocultos que solo bajo la luna y lejos de miradas indiscretas podían cumplirse. Siempre formará parte de mí y su regalo será su herencia para el mundo entero.

No pensaba que fuera a encontrar a alguien tan pronto. Estaba saciada, satisfecha, llena de creatividad y de ganas de hacer cosas únicas.

Esto no es una casualidad, y está claro que ha aparecido en mi camino por algo. ¿Será posible que haya encontrado al que me llenará por completo? ¿A aquel que me acompañará en mi camino y me hará brillar como nadie?

Mientras me habla, noto que me necesita. Que grita silenciosamente al viento para que le entregue el amor que le falta en su vida. «No te preocupes, yo estaré ahí, contigo hasta el final», le digo con la mirada. Da igual que estemos rodeados de gente. Parece que estamos solos y que no hay nadie más importante que el uno para el otro.

Nuestros caminos se separan momentáneamente. «No te preocupes, pronto estaremos juntos para siempre», le prometo a distancia.

16

El plan tomó forma en la misma sala de interrogatorios. Hayden y Mayordomo asistirían a la fiesta como invitados, y aquel se presentaría como un mecenas en busca de un artista al que patrocinar. La presencia de Mayordomo ayudaría a vender el papel de noble decadente y necesitado de estímulos, mientras que Kiaran, vestida como el servicio, se dedicaría a servir copas a la par que prestaría atención a las señales de Hayden para intentar desenmascarar al asesino.

El plan tenía poco riesgo, ya que no sabían si el asesino se presentaría en la fiesta. Kiaran mencionó que quizá Sarah fuera la última, pero Hayden estaba seguro de que no sería así. Un asesino en serie no podía parar, y una fiesta con la *crème de la crème* de la sociedad irlandesa y artistas por descubrir resultaba un aperitivo demasiado sabroso como para dejarlo escapar. Además, según Áine, era la última fiesta que celebrarían ese año, por lo que, si partían de la posibilidad de que todas sus víctimas fueran seleccionadas en estas fiestas, el asesino no querría perdérsela.

Todo esto en el caso de que no hubiera ya escogido a su víctima con anterioridad o que su teoría sobre el origen de las víctimas fuera correcta, claro. Ningún plan era perfecto, pero no perdían nada por intentarlo.

Para evitar que la operación se filtrase, solo los allí presentes estarían al corriente de ella, y Kiaran la autorizó únicamente después de confirmar que tendría un par de unidades de la Garda a pocos minutos de allí listas para intervenir de ser necesario.

Áine se encargaría de introducir su nombre en la lista de invitados, y Eoin asistiría por primera vez en meses, para hacer esta ocasión lo suficientemente especial como para que no faltase ni uno solo de los invitados. Ahora lo importante era prepararse. Faltaban dos días, y Hayden y Mayordomo necesitaban vestimenta que pasara desapercibida en la fiesta temática.

Estarían rodeados de artistas, por lo que los disfraces de los presentes seguro que eran de lo más creativos. Como supuesto mecenas, Hayden tenía que destacar sobre los demás pero sin llamar demasiado la atención, y decidió que lo apropiado era volver a hablar con su abuela para buscar ideas. Solo pensar en visitarla de nuevo lo llenó de sentimientos encontrados. Por un lado, hablar con ella después de tanto tiempo había traído memorias que creía haber enterrado hacía ya muchos años, y aunque muchas de ellas resultaban dolorosas, otras tantas eran algunos de los últimos momentos realmente felices de su infancia. A no ser que hubiera algún primo o tío oculto por ahí, momá era el único miembro de la familia Cárthaigh que quedaba con vida.

Una vez cerraron el plan, separaron sus caminos. La próxima vez que se vieran sería cuando cada uno ejecutase el personaje que se le había asignado. Hayden no podía evitar sentir expectación por la fiesta, hasta que recordó que tendría que estar rodeado de gente en un espacio relativamente pequeño y cundió el pánico. Mayordomo, con ese instinto que parecía sobrenatural, le puso una mano sobre el hombro para reducir ese sentimiento a solo un terror controlado. Su preocupación era palpable. Hayden le dirigió una pequeña sonrisa de agradecimiento.

La fiesta se celebraba en cuarenta y ocho horas, por lo que tenía ese tiempo para encontrar un traje apropiado para la fiesta a la par que para prepararse mentalmente.

—Mayordomo —dijo Hayden para llamar la atención del silencioso guardián—. Tenemos que volver donde momá.

Si esperaba una reacción negativa o el mismo nerviosismo que la última vez, se llevó una decepción. Mayordomo asintió y abrió la puerta del coche para que entrara. Estaba claro que este caso también lo estaba poniendo nervioso y que estaba dispuesto incluso a volver a acercarse a una mujer que claramente le causaba incomodidad. Cuánta se debía a la personalidad de su abuela y cuánta a sus creencias religiosas, Hayden no lo sabría decir.

El viaje a Horseleap se hizo corto, y esta vez, para adelantar tiempo, aparcaron directamente frente a la casa de Caireen, que, para variar, los esperaba en el porche. A diferencia de la última vez, no estaba sola, y junto a ella se encontraba uno de los cuervos negros más grandes que Hayden o Mayordomo habían visto en su vida.

El pájaro no se asustó cuando cerraron las puertas del coche ni cuando se acercaron por el camino del jardín a la casa, y solo cuando Caireen le hizo un gesto con la mano se marchó volando a una arboleda cercana.

—¿Uno de tus familiares, momá? —bromeó Hayden al acercarse a su abuela, dando a entender que era una bruja. Por su parte, Mayordomo no apartaba la vista de la arboleda en la que se había ocultado el enorme cuervo, y se llevó la mano al bolsillo, en el que escondía una pequeña cruz de hierro.

—No digas tonterías, *gharmhac* —dijo sonriendo Caireen mientras daba un abrazo a su nieto, que esta vez recibió con menos reticencia—. Tan solo es un amigo que ha venido de visita. —Con una enigmática sonrisa y ante la mirada de espanto de Mayordomo, los invitó de nuevo a entrar en casa.

Al igual que la última vez, había limonada fresca esperándolos sobre la mesa, acompañada de unos dulces de la pastelería del pueblo. Era difícil no imaginarse al enorme cuervo sobrevolando Irlanda y avisando a su abuela de que pronto recibiría visita. Hayden sabía que algo así era imposible, pero no podía evitar sacar esa conclusión cuando siempre parecía saber las cosas antes de que ocurrieran.

—¡Dos visitas en dos días! —Caireen se sentó en una de las sillas mientras Mayordomo le servía limonada en uno de los vasos—. ¿Qué puede hacer esta vieja antigualla para ayudarte?

—Cada vez estamos más cerca de encontrar al culpable de los asesinatos, momá —comenzó Hayden mientras daba un trago a su vaso de limonada—. Creo que utiliza el mito de la leanan sídhe que nos contaste como cobertura para sus crímenes.

La anciana sonrió tristemente.

—Que con las cosas que has vivido y lo listo que eres no puedas ver lo que tienes delante me entristece, *gharmhac*. —Partió uno de los pasteles por la mitad y le entregó una parte a Hayden—. Te estás enfrentando a una de las fuerzas más oscuras y viciosas que han pasado por la tierra. Aún lleváis el amuleto que os entregué el otro día, ¿verdad?

Los dos asintieron; Mayordomo lo sacó de su bolsillo de la camisa, mientras que Hayden hizo lo propio con el suyo, que llevaba en el pantalón.

—Bien —suspiró aliviada Caireen—. Me siento más tranquila así. ¿Por qué no me cuentas lo que habéis averiguado hasta ahora?

Hayden relató los últimos acontecimientos, incluidas la aparición del cuerpo de Sarah, la ausencia del cuadro y la conexión entre las tres víctimas, y que tenía pensado asistir a la fiesta de celebración de Samhain para tratar de cazar al asesino. Caireen se reclinó un momento en la mesa como si fuera a alcanzar la jarra de limonada y, con un movimiento rápido, le dio un cachete a Mayordomo en su musculoso cuello; aquel, aún sorprendido, no se movió ni un milímetro.

—¿No te pedí que por favor no le quitaras los ojos de encima? —Negó con la cabeza con frustración—. A veces me pregunto por qué te asignaron cuidarlo, si no eres capaz de evitar que se mezcle precisamente con aquello de lo que más tendría que alejarse.

—¿A qué te refieres, momá? —preguntó Hayden. Esta era la primera vez que oía mencionar que su abuela y Mayordomo tuvieran un pasado en común.

—Nada, *gharmhac*, nada. —Suspiró con tristeza—. A veces creo que el destino simplemente nos lleva donde tenemos que estar, sin importar el dolor que nos cause el camino. —Luego, como si nunca hubiera dicho estas palabras, cambió su expresión por una más afable—. Dime qué necesitas.

Como sabía que discutir con su abuela sobre su pasado no le conduciría a ninguna parte, aceptó de forma temporal lo que le dijo Caireen.

—Iré a la fiesta como un noble en busca de un artista al que patrocinar, y, como es de disfraces de la mitología irlandesa, necesito tu ayuda para escoger uno apropiado.

—No me gusta la idea de que vayas a esa fiesta. —Caireen pasó levemente la mano sobre la de Hayden, consciente de que el contacto físico no era santo de su devoción—. Es peligroso. Has llamado la atención de la leanan sídhe, y no te va a dejar marchar.

—Momá, no tenemos tiempo para historias. —Hayden negó con la cabeza—. Esta puede ser la última oportunidad que tengamos de cazar al asesino.

—Está bien —respondió tristemente—. Ahora vuelvo. —Se levantó para ir al cuartito del lateral de la cocina y trajo un libro encuadernado en piel que parecía sacado de una película medieval.

—Este es mi *leabhar eagna*. —Lo puso sobre la mesa—. Lo heredé de la cailleach previa, y ella, de la anterior. —Lo abrió por la mitad, donde las hojas amarillentas estaban repletas de dibujos de plantas, seres mitológicos y descripciones.

Hayden reconoció el nombre gaélico: «libro de la sabiduría».

—Los druidas antiguos transmitían sus conocimientos a través de los bardos y los *ogham*, por lo que a lo largo de los años perdimos un montón de conocimientos sobre nuestra cultura. —Caireen señaló la diferencia de caligrafía de una página a otra—. Por eso algunos de nuestros antepasados decidieron empezar a transmitir sus conocimientos de forma escrita y evitar así que nuestra cultura desapareciera.

Señaló una de las páginas, donde se atisbaban garabatos en una lengua que Hayden no reconoció.

—Este *leabhar eagna* es único —prosiguió la abuela— y el más antiguo de todos. Nadie más allá de vosotros o mi posible heredera puede saber de su existencia.

Si lo que su abuela decía era cierto, aquel probablemente fuera el libro más antiguo de toda la isla. Si bien no era un apasionado de la historia, tenía que reconocer que cuando menos resultaba interesante estar delante de un pedazo de esta. Su abuela comenzó a pasar páginas y se paró en una donde había un enorme guerrero vestido con una cota de malla, un escudo redondo, una espada y una simple corona de oro sin adorno alguno.

—Me imagino que podrías ir como Brian Boru, el primer rey supremo de Irlanda. —Señaló con el dedo la corona dibujada en la hoja amarillenta.

Esta frase provocó que Mayordomo pusiera la mano sobre la de Caireen y negase con la cabeza vehementemente. Hayden se sorprendió ante la seriedad de la mirada de su guardián, que desapareció tan rápido como llegó, y aquel volvió a mirar fijamente el libro que tenía delante.

—Sí, tienes razón, tonta de mí —dijo en voz baja Caireen—. Lo último que queremos es que se enfaden, ¿verdad?

—Hayden no tenía claro a quién se refería su abuela, pero, al igual que con todo lo que tenía que ver con ella, era mejor no darle muchas vueltas, ya que no llegarían a ninguna parte.

Según Caireen pasaba las páginas, en las que se mostraban diferentes seres mitológicos y personajes de la historia real de Irlanda, Hayden se fijó en una ilustración y puso un dedo encima para evitar que su abuela siguiera.

—¿Quién es este?

Ella sonrió como si hubiera oído una broma velada.

—Por supuesto que te interesa este. —Le acercó el libro para que apreciara correctamente la imagen: un hombre corpulento, con barba, armado con un mazo gigantesco en una mano y un arpa en la otra—. Es Dagda, uno de los dioses más importantes de nuestra cultura. ¿Ves el mazo? —Lo señaló—. Se dice que un extremo daba la vida y el otro la quitaba. Podía convertirlo en el objeto que quisiera y cuando no estaba en la batalla, lo transformaba en un bastón.

—¿Y el arpa? —preguntó Hayden, extrañamente atraído por la figura ilustrada en el libro.

—El arpa era capaz de controlar las emociones de los humanos y el cambio de estaciones. —Su sonrisa se hizo mayor—. Era conocido como el rey de los dioses celtas, bueno y justo, aunque dado a súbitos cambios de humor que podían traer tormentas e inundaciones.

—Creo que iré disfrazado de este —dijo el nieto con seguridad, sin poder explicar claramente el porqué de su elección.

Caireen dirigió la mirada a Mayordomo, que tenía una expresión seria, pero asintió.

—No te preocupes, *gharmhac*. Pocas veces tenemos voz y voto en lo que nos depara el futuro. —Le dedicó una sonrisa triste—. En la fiesta serás el avatar de Dagda, el dios bueno. —Una pequeña lágrima apareció en su ojo izquierdo, pero se fue tan pronto como había llegado.

17

Se despidieron de Caireen, no sin antes oír que tuviera cuidado por enésima vez y después de sacar varias fotos a la ilustración del libro para poder confeccionar su disfraz, y se pusieron en camino de vuelta a casa, donde Hayden planeaba relajarse todo lo posible antes de la fiesta y mentalizarse de tener que estar rodeado de tanta gente en un espacio cerrado.

La reacción de Mayordomo ante su abuela le fascinaba. Entendía su afán protector, lo habían contratado por algo, pero ¿de qué lo estaba protegiendo exactamente? Entendía que tras el fallecimiento de sus padres necesitase un guardaespaldas y guardián hasta que cumpliera la mayoría de edad debido a los recursos que había heredado, pero ¿ahora? ¿Por qué seguía trabajando? No importaba la cantidad de veces que sacara el tema, Mayordomo nunca daba ningún tipo de información y se limitaba a negar con la cabeza, lo que sacaba de quicio a Hayden.

En parte por eso dejó de salir o de relacionarse con antiguos conocidos de la familia. Sin nada que le recordase que el tiempo pasaba y que estaba virtualmente solo, podía vivir en su propia burbuja en la que nada cambiaba y todo seguía igual día tras día.

La mitología siempre había despertado su interés cuando era mucho más joven. Hubo una época en la que perseguía por todos los lados a su abuela para que le contase historias sobre los tuatha dé, o pueblos de los dioses, y cuentos sobre el pueblo de las fae para conciliar el sueño por las noches.

El fallecimiento de sus padres acabó con todo ese interés, y habían pasado décadas desde la última vez que había oído algunas de las historias de su niñez o sentido cualquier tipo de curiosidad por ellas. Hablar con su abuela le traía recuerdos que prefería enterrar, de un tiempo en el que todo era mucho más sencillo y él un crío normal, con monstruos y aventuras en la cabeza, un niño que desapareció el día del accidente de sus padres.

Una vez que llegaron a casa, mientras Mayordomo pedía la cena a una pizzería cercana (¿quién dice que por ser rico uno no pueda disfrutar de una buena comida rápida?), Hayden entró en el salón principal y se dirigió a una estantería repleta de libros que había en una de las esquinas detrás de la chimenea.

Si bien el resto de las librerías eran visibles por todo el salón y se notaba que se usaban con regularidad, esta tenía una pequeña capa de polvo, y los ejemplares apilados en ella no se habían leído desde hacía muchísimos años. Incluso su ubicación, en la esquina menos luminosa de la habitación, dejaba claro que no era un rincón muy visitado.

Ahí se encontraban los libros de sus padres, así como aquellos repletos de historias y mitología que le había regalado su momá durante los primeros años de su vida.

Armándose de valor, Hayden se acercó a la estantería y empezó a revisar las novelas. No pudo evitar sonreír cuando algunos de los títulos le trajeron recuerdos de su niñez.

Ahí estaba el cuento de Macha, una de las diosas irlandesas de la guerra, que, paseando por el campo, conoció a un granjero llamado Crunniuc y se enamoró de él. Este, sin saber que la mujer era una diosa, la tomó por esposa, y ella en poco tiempo se quedó embarazada. Tras desvelarle su verdadera identidad, le pidió que no se lo contara a nadie; de lo contrario, tendría que marcharse.

Su marido, en una reunión con el rey de Ulster, gritó a los cuatro vientos que su mujer podría correr más que cualquier caballo, incluso los del monarca, y este, no dispuesto a tolerar semejante mentira, forzó a Macha a correr compitiendo con sus mejores caballos, aunque estuviera embarazada y se negara en un principio a hacerlo.

Con su identidad revelada, ganó la carrera y dio a luz allí mismo a dos preciosos gemelos. Unos dicen que murió *in situ*, mientras que otros cuentan que se marchó para no volver jamás.

En lo que todas las historias concuerdan es en el final. Después de la carrera, Macha maldijo a todos los hombres allí presentes, forzándolos a sufrir el dolor del parto cada poco tiempo. La maldición duraría nueve generaciones e hizo que la casa de Ulster estuviera indefensa durante muchas batallas, ya que ningún hombre podía luchar debido al suplicio.

Casi todas las leyendas irlandesas tenían un componente melancólico. Dejando atrás las historias de hadas encontradas en los libros para niños, las originales siempre tenían una parte que las hacían parecer más bien historias de terror, demasiado para los más pequeños. Hayden sabía que así era la lógica de todos esos relatos. Era la forma en aquella época de educar a los niños sobre los diferentes peligros del mundo. «No te acerques a la orilla del mar o los cantos de una sirena te harán perder el juicio y ahogarte en sus aguas» evitaba que jugasen demasiado cerca de las traicioneras costas; «No juegues con los caballos salvajes, uno podría ser un kelpie que al montarlo te llevará a un lago y te ahogará para comerte» servía para concienciar a los niños sobre el peligro de dichos animales.

Todos los libros de la estantería, desde los más orientados a niños pequeños hasta aquellos que ahondaban más en las leyendas celtas, tenían anotaciones en sus márgenes, que un jovencito Hayden y su abuela escribieron en las muchas tardes que pasaron juntos mientras sus padres trabajaban o estaban fuera de casa. En uno vio la caligrafía de Caireen, que había corregido una leyenda sobre las merrow o sirenas irlandesas. El texto decía que siempre tenían cola de pescado, mientras que Caireen había anotado que muchas tan solo tenían una fina tela de piel que unía los dedos de las manos y los pies, como los patos. En otro Hayden vio su propia escritura, una anotación de lo que su abuela le había dictado sobre el comportamiento de las hadas y cómo engañarlas en sus propios juegos.

Agarró un buen montón de libros de todos los tamaños y, tambaleándose por el peso, los llevó a la mesita que había delante de su sofá favorito, el más cercano a la chimenea. Allí seleccionó el que tenía el lomo más gordo y empezó a leer.

Aprendió a leer casi a la par que a andar, y devoraba libros como si fueran deliciosos filetes a la plancha. Su velocidad de lectura era tal que se leía novelas que a cualquiera le llevaría semanas en apenas un par de horas. Tan ensimismado estaba leyendo los diferentes ejemplares que ya era noche cerrada cuando levantó la mirada y se encontró una pizza sin empezar frente a él.

En uno de los sofás de al lado estaba Mayordomo, que tranquilamente leía *Casino Royale*, la primera novela de Ian Fleming sobre James Bond. Le bastó un vistazo para saber que había sido releída decenas de veces. Tenía la portada desgastada y algunos bordes doblados.

—Sabes que hay más novelas de James Bond que las clásicas, ¿verdad? —le preguntó con un tono burlón Hayden—. Es más, si no me equivoco, sale dentro de poco una a la par que una de las últimas películas.

Mayordomo levantó la vista del libro e hizo lo más parecido a un bufido de exasperación.

—No me puedo creer que seas tan purista, la verdad —añadió Hayden—. Los actores y las historias actuales hacen un perfecto homenaje al original. Es más, el actor actual hace un verdadero papelón. —Le lanzó una sonrisa.

Un gruñido fue la única respuesta de Mayordomo, que levantó más la novela para cubrirse la mirada. Por su parte, el maestro, tras conseguir su objetivo de molestar al normalmente imperturbable guardián, se llevó un pedazo de la pizza fría a la boca y continuó leyendo. Después de terminar un ensayo sobre las hadas escrito por Dick Fitzgerald, que recopila varias historias cortas contadas por diferentes autores, se fijó en un libro de ilustraciones de tamaño considerable que se titulaba simplemente *Hadas*.

El ejemplar estaba prácticamente nuevo, sin anotaciones de ningún tipo, por lo que imaginó que se trataba de uno de los muchos que su abuela le había enviado a lo largo de los años desde el fallecimiento de sus padres y que él había apilado sin mirar en la estantería.

La portada era preciosa y simple, con el título escrito con una fuente de fantasía y acompañado de una imagen de un hada agachada sobre las hojas. Tenía un marco con runas celtas y tantísimas páginas que sería difícil aguantarlo durante demasiado tiempo con los brazos. Hayden se incorporó del sofá, lo puso sobre la mesita y comenzó a pasar páginas.

Era una guía ilustrada sobre los diferentes tipos de hadas, duendes y criaturas fantásticas que hay en el mundo, donde se explicaban costumbres y peligros, y en cada página había un dibujo con todo detalle para reconocerlos a todos.

El autor no había escatimado esfuerzos en documentarse, y mezclaba historia, mitología y habladurías de los diferentes lugares en los que, según él, residen las hadas. Había fotos de «encuentros» documentados, así como testimonios de gente que decía haber vivido una experiencia con una criatura mágica.

Pasó las páginas de varios de los duendes y hadas más conocidos hasta llegar a los que podían ser dañinos para la humanidad, porque buscaban algo de los humanos o los necesitaban para sobrevivir. Allí se encontraba el alpluachra, un género de duende irlandés que era invisible a la vista y se alimentaba de la esencia de la comida que ingería el pobre humano al que se juntasen, ocasionando un apetito incapaz de satisfacer que siempre acababa con la muerte por inanición de la víctima.

Pasó varias páginas que leyó de carrerilla hasta que una ilustración lo hizo pararse de golpe para fijarse con detenimiento. En la página izquierda se veía un hada sin género aparente, pero incluso la ilustración a lápiz mostraba lo inhumanamente hermosa que era. Tenía el cuerpo cubierto por una fina tela de color verde, y sus brazos largos y esbeltos terminaban en unas manos delicadas que sujetaban un arpa. El pelo era del color del fuego al rojo vivo y le caía por la espalda hasta casi el suelo. No tuvo que leer el título de la página derecha para saber que lo que estaba viendo era una leanan sídhe.

La descripción narraba lo que ya sabía por su abuela (era un hada que servía como inspiración a los artistas), pero también contaba que la criatura era conocida en Escocia, donde se la describe como una vampira. Allí no era la musa de los artistas, sino una mujer u hombre muy hermoso que seducía a sus víctimas y las dejaba sin una gota de sangre.

El libro daba ejemplos de posibles víctimas de la leanan, entre las que se incluían escritores, como William Shakespeare, o el compositor Mozart. Estaba claro que el escritor se había tomado muchas libertades, pero Hayden no pudo sino sorprenderse de que la leyenda del hada irlandesa llegara a diferentes lugares de Europa.

Continuó leyendo para llegar al último párrafo, en el que se explicaba que la única forma de dañarla era con hierro, mortal para su especie; además se exponían algunas posibles formas de librarse de su encantamiento, como ponerse la chaqueta del revés o dejar un calcetín debajo de la cama. Hayden no pudo evitar que una sonrisilla aflorase en su boca al leer las maneras de zafarse de esta hada. Todo sería mucho más sencillo si pudiera librarse del asesino pidiendo a toda la isla que llevase la chaqueta del revés.

Cerró el libro con la intención de despejarse y se dio cuenta de lo tarde que era. Se había abstraído tanto leyendo que ya era pasada la medianoche. En el sofá de al lado, Mayordomo continuaba enfrascado en su novela. Se levantó para estirarse un poco y anunció que se marchaba a dormir. Su guardián respondió con otro gruñido, que le valió una burla por parte de Hayden.

—Te comunicas exactamente igual que un trol. —Y salió riéndose por la puerta del salón antes de que Mayordomo respondiera de alguna forma.

Entró en su cuarto, dejó el libro de las hadas en la mesilla de noche y se sentó en el suelo con la intención de comenzar sus ejercicios para descansar, pero su mente no dejaba de verse arrastrada a la ilustración de la leanan sídhe. Al final dio por perdida su capacidad de concentrarse en los ejercicios, así que cogió el libro y se puso a ojear el dibujo.

Mientras lo observaba ensimismado, su teléfono empezó a vibrar en el bolsillo del pantalón. Lo sacó y vio que era Kiaran. Descolgó, se levantó y se dirigió a una de las ventanas que daban al cuidado jardín. Era muy tarde, por lo que debía de ser algo importante.

—¿Detective? —Habían hablado hacía apenas unas horas en la comisaría, por lo que se preguntaba qué podría querer.

—Hayden —contestó Kiaran de forma grave—, es posible que tuvieras razón y que Olga no fuera la primera. —Él notó el tono tembloroso de su voz—. Tenemos otro cadáver.

18

A Hayden le gustaban los puzles, y pocas cosas le daban más placer que resolver un misterio que mantenía al resto de los mortales en vilo, pero estos asesinatos lo tenían desconcertado. Habían asociado que las víctimas se conocían gracias a las fiestas de Eoin, y Hayden cada vez estaba más convencido de que su teoría de la leanan sídhe era la correcta, pero le costaba asociar la mitología con la realidad. Había algo que se le escapaba, y lo estaba sacando de quicio.

La noticia de una posible nueva víctima relacionada con el caso lo había dejado intranquilo, y no había podido pegar ojo durante toda la noche. Al parecer, el cuerpo no estaba del todo accesible, por lo que no podrían ir por la noche a ver la escena del crimen. Kiaran no le había dado más información durante la llamada y lo urgió a descansar para verse por la mañana en la comisaría. Después de tomarse un desayuno rápido, se aseó deprisa y se montó en el coche, con Mayordomo pegado a sus talones.

Pasó los minutos del trayecto a Athlone en absoluto silencio, mientras de fondo sonaba *Hands of Time*, una balada del grupo de heavy metal Primal Fear. El guardián tenía ese sexto sentido para saber qué canción escoger en el momento apropiado y así evitar que el maestro se bloquease con sus propios pensamientos.

—¿*Hands of Time*, en serio? —preguntó Hayden—. ¿Te has levantado algo emocional esta mañana? —bromeó. Mayordomo, por su parte, levantó una ceja sin dejar de mirarlo a través del espejo retrovisor y negó con la cabeza—. Sí. Estoy de acuerdo en que es un clásico moderno —siguió pinchando—. Pero creo que está pensado más para jovenzuelos que sufren por su primer amor, ¿no crees?

Para variar, Mayordomo no dijo nada y subió el volumen de la canción mientras ignoraba a su protegido. Por su parte, este, que se sentía un poco mejor ahora que había conseguido chinchar a su guardián, se apoyó en el respaldo del coche y tarareó el tema hasta que, sin previo aviso, Mayordomo lo cambió por otro completamente diferente que él reconoció al momento.

—¡No! ¡Me niego! —se quejó Hayden—. ¡Esa canción no! —Se llevó las manos a los oídos.

En la parte delantera, Mayordomo sonrió y empezó a tararear la melodía de *Hero*, conocida por aparecer en la primera película de *Spiderman* y por haber llevado al estrellato a Nickelback, que Hayden consideraba uno de los peores grupos de rock de esa década.

Como ya era costumbre, dejaron el coche en el aparcamiento de la comisaría de Athlone y subieron al primer piso, que continuaba prácticamente vacío y donde Kiaran los estaba esperando en su oficina. Nada más entrar, Hayden se fijó en que Áine estaba sentada en una de las sillas, pero no había rastro alguno de Eoin. Mayordomo, por su parte, tras analizar la sala en busca de posibles amenazas, se dirigió a la pequeña cocina tras cerrar la puerta.

—Nos volvemos a ver —saludó Áine a Hayden con una tímida sonrisa.

Como siempre le pasaba cuando tenía que interactuar con otros seres humanos con los que no había forjado una relación de confianza o comodidad previa, él se quedó un par de segundos sin saber qué decir.

—Encantado de volver a verte —contestó por fin escueta y casi inaudiblemente antes de sentarse frente a Kiaran.

Esta apartó la vista de la pantalla del ordenador y se dirigió al recién llegado.

—Siento haberte hecho venir tan pronto. Espero que hayas podido descansar —dijo—. Entiendo que ya tenemos un plan para la fiesta, pero necesitamos averiguar tanto como sea posible sobre este nuevo cadáver.

—Cuéntame todo lo que sepas —la tranquilizó Hayden—. Ni que tuviera algo mejor que hacer —Sonrió—. Pero primero me gustaría saber qué hace Áine aquí —dijo, casi sin dirigirle la mirada a la joven sentada a su lado.

—Tras nuestra conversación, hemos llegado a la conclusión de que el asesino podría tener como objetivo a Áine —explicó Kiaran—. Ella es la única persona que queda con vida que conoce a todos y cada uno de los invitados a la fiesta, y puede ser un cabo suelto que el asesino quiera atar.

Él dudaba mucho que eso fuera a pasar. El asesino tenía un método muy definido y una selección clara de víctimas, pero entendía que la joven tuviera miedo.

—No estoy seguro de eso —respondió Hayden—. Podría incluso ser la asesina. Al fin y al cabo, es ella quien organiza las fiestas —dijo de sopetón ante la mirada atónita de Áine.

Kiaran carraspeó y dijo:

—Hemos hecho un barrido completo de sus antecedentes y no hay nada digno de mención. —Sonrió a la joven, que le devolvió la sonrisa y se relajó visiblemente—. Según el perfil que compartiste, debería ser alguien que ya tenga antecedentes o un pasado violento.

La detective continuó hablando sobre Áine, a la que ser el centro de atención no parecía gustarle nada y por eso tenía la cabeza agachada, intentando pasar desapercibida.

—Debido a su conocimiento sobre las fiestas, pensamos que lo mejor era que se quedase con nosotros y nos acompañase a la escena del crimen. —Giró la pantalla del ordenador para que Hayden le echara un vistazo.

—¿Y quién se está encargando de la preparación de la fiesta? —preguntó Hayden mientras se acercaba a la pantalla del ordenador.

—Mister Quigley —contestó tímidamente Áine, respondiendo así a la pregunta que tenía Hayden sobre la ausencia de Eoin—. El trabajo está casi hecho, solo tiene que supervisar que todo esté listo.

Con su curiosidad satisfecha, él se centró en lo que le mostraba la pantalla. Era una única foto en la que se distinguía un cuerpo desnudo tumbado en el suelo. La foto no tenía mucha definición, por lo que no se veía mucho más.

—¿Qué es lo que estoy viendo? —Estaba claro que era un cadáver, pero ya.

—Lo que ves, o, mejor dicho, a quien ves, es al conocido abogado de divorcios Olivier Dacla —contestó Kiaran—. Es la única imagen que tenemos mientras nos traen el cadáver a Athlone.

—¿Cómo que «nos traen el cadáver»? Tendremos que ir a la escena del crimen a analizarla, tal y como hemos hecho anteriormente —le respondió extrañado Hayden.

—Esta vez no será necesario, también nos traen la escena del crimen. Por eso te dije que no hacía falta que vinieras ayer por la noche —contestó tristemente Kiaran.

Él volvió a mirar la foto extrañado hasta que algo hizo clic en su cabeza.

—No me digas que…

Kiaran pasó a la siguiente foto, que mostraba un yate personal de color blanco.

—El cuerpo estaba en un barco. Lo están remolcando ahora mismo al puerto. Estoy esperando la confirmación de que ya está en dique seco para acercarnos a investigar —dijo.

—¿Cómo se ha descubierto el cadáver? —preguntó extrañado Hayden. Si estaban remolcando el barco a uno de los pequeños puertos de Athlone, significaba que tenían que haberlo descubierto en el río Shannon. En sus orillas hay decenas de pequeños embarcaderos, tanto públicos como privados, con cientos de barquitos y yates de recreo.

—Ayer por la tarde se reportó que había un yate amarrado en la isla Hare —explicó Kiaran—. En circunstancias normales no sería algo demasiado extraño y la Garda lo entendería como algún turista que no tiene claras las zonas de amarre y lo dejaría pasar, pero quien llamó dijo que el yate llevaba ahí varias semanas. —Negó con la cabeza con pesadumbre—. Los socorristas estacionados en la playa próxima se acercaron y descubrieron que la puerta principal y las ventanas estaban cerradas a cal y canto. —Señaló la foto de la pantalla—. Al asomarse a la ventana esto fue lo que vieron.

Bueno. Esto explica la poca definición de la foto, pensó Hayden. Se aproximó más a la pantalla para intentar fijarse todo lo posible en los borrosos detalles.

—¿Cómo sabemos que este cuerpo está relacionado con el caso? —cuestionó Hayden—. ¿Hemos descartado que sea una muerte accidental o incluso un asesinato no conectado? Si la víctima era un abogado de divorcios conocido, me apuesto mi próxima taza de chocolate a que tenía suficientes enemigos como para escribir una novela corta.

—Tan pronto como avisaron de la presencia de un cuerpo se buscó el nombre del propietario del yate, que a su vez llevó a un cotejo en la base de datos con personas de interés en cualquier caso activo en este momento. El señor Olivier Dacla era uno de los asistentes frecuentes a las fiestas de Eoin y uno de los mecenas más generosos a la hora de patrocinar artistas. —Kiaran dio paso hacia Áine, que se aclaró la garganta antes de hablar.

—Mister Dacla llevaba varios años asistiendo a las fiestas. —Su tono de voz era serio y claro, pero Hayden notó trazas de nerviosismo y pensó que probablemente se debía a ser el centro de atención en la conversación—. Antes de que yo empezase a trabajar con la señora Quigley, mister Dacla ya era un amigo cercano y personal. No solía faltar a ninguna fiesta, y cuando lo hacía, siempre enviaba a alguien para que ojeara artistas u obras de arte en su nombre. —Se llevó la mano a la cabeza y se apartó un mechón de pelo rebelde que se había cruzado en su cara—. Era uno de los invitados más esperados por el gremio, sobre todo porque solía fijarse mucho en futuras promesas.

Hayden se quedó unos segundos en silencio mientras procesaba la información. Por un lado, tenía a las anteriores víctimas, conectadas claramente en la foto que habían descubierto en casa de los padres de acogida de Sarah Burke. Por otro, el abogado era el único que faltaba en esa imagen, lo que significaba que, o bien era la persona que había sacado la foto, o bien...

—¿Cuándo fue la última vez que mister Dacla asistió a una de sus fiestas en persona? —preguntó de repente Hayden, mirando fijamente a Áine.

Esta bajó la mirada, abrió su bolso, sacó una pequeña tableta y navegó entre lo que parecía una lista interminable de nombres y fechas hasta dar con lo que estaba buscando.

—No estuvo en la anterior fiesta. —Amplió el documento lo suficiente para que los tres pudieran verlo sin tener que acercarse tanto a la tableta y la dejó sobre la mesa—. Pero tengo la seguridad de que envió a alguien en su nombre, de ahí que nadie cuestionara su ausencia.

—Eso significa que probablemente lleva muerto desde entonces —dijo Hayden. Se dirigió a Kiaran—: Avisa a los forenses de que no quiero que entren en la escena del crimen antes que nosotros. Necesito ver la escena sin gente alrededor.

Ella asintió, se levantó, se llevó el móvil a la oreja y salió de la oficina, dejando a Áine y a Hayden allí solos.

Los dos se quedaron en silencio con la mirada fija en la puerta por la que había salido la detective sin saber muy bien qué decir o hacer. Ella cogió la tableta de la mesa con la intención de guardarla de nuevo en su bolso, pero se le deslizó de los dedos a medio camino y se cayó al suelo.

Hayden se inclinó desde la silla para recogerla a la vez que Áine y sus cabezas se chocaron con un sonoro golpe. Rojos como un tomate, los dos se echaron para atrás y, acto seguido, se miraron y soltaron una pequeña carcajada. Él se agachó de nuevo, recogió la tableta y se la pasó a ella. Sus dedos se tocaron un momento, y Hayden sintió un escalofrío recorriéndole la espalda y retiró la mano. Áine sonrió tímidamente ante la clara incomodidad de él.

—Kiaran me ha contado un poco sobre ti —le dijo ella sin preámbulos—. Si he entendido bien, no eres parte de la Garda ni un detective privado. ¿No es así? —Lo miró fijamente, hasta que Hayden apartó la vista.

—No soy parte del cuerpo, no —contestó tragando saliva con dificultad—. Soy un consultor que ayuda cuando puede. —¿Qué le pasaba? ¿Por qué le costaba tanto concentrarse delante de la ayudante de Eoin? Se dio una palmada mental en la cabeza para centrar sus pensamientos—. De vez en cuando me llaman para que ofrezca un punto de vista diferente en investigaciones que son algo fuera de lo normal.

Áine le dirigió una mirada alegre.

—¡Eso suena superinteresante! —Su mirada volvió a apagarse mientras se observaba las manos—. Yo solo soy una secretaria glorificada que pinta en su tiempo libre y sueña con cuentos de dragones y princesas.

El silencio acompañó a sus palabras. Hayden no sabía muy bien qué decir. Estaba claro que debía pronunciarse, pero sus conocimientos sobre tratar con otros seres humanos se basaban sobre todo en Mayordomo, su abuela y, en menor medida, Kiaran. Se aclaró la garganta.

—Seguro que tus dibujos son buenos —aventuró, y le dirigió lo que esperaba fuera una sonrisa reconfortante.

Ella volvió a sonreír y extendió su tableta hacia él.

—¿Quieres echar un vistazo? —preguntó.

Sin poder inventarse una excusa para no hacerlo, él asintió y esperó mientras ella buscaba las piezas que quería mostrarle.

Una vez le puso la tableta delante, Hayden observó las obras que Áine había dibujado. Era digital, hecha utilizando un software de dibujo y un lápiz electrónico que hacía las veces de las diferentes brochas que pudiera necesitar. Si bien resultaba poco ortodoxo y no se admitía entre los coleccionistas más puristas, se trataba de un tipo de arte cada vez más utilizado entre los estudiantes de dibujo. Para un coleccionista, una pieza digital no era algo que se pudiera poseer, pero sí que cualquiera podía copiar, imprimir y tener en su casa.

La primera pieza mostraba una costa con un atardecer de fondo en colores azules, morados y rojizos, y jugaba con ellos para mostrar un paisaje oscurecido. Incluso con su ausencia de conocimientos sobre arte, Hayden observó que la ilustración era buena.

—Es una pieza muy bonita —comentó, sin saber qué más decir sobre el cuadro—. ¿Vendes las impresiones a través de una web o algo?

La sonrisa de Áine se amplió tras escuchar la alabanza de Hayden.

—Son solo garabatos… —dijo, quitándole importancia al dibujo—. Tengo una pequeña tienda en internet donde la gente puede comprar una copia del cuadro, y luego la envía en un lienzo. —Se encogió de hombros—. No tiene mucho éxito, pero he vendido alguna que otra ilustración.

Antes de que Hayden preguntara sobre la tienda, la puerta de la oficina se abrió y entraron Kiaran y Mayordomo detrás, que miró a ambos con desconfianza. En las manos portaba no uno sino dos termos con chocolate, además de un pequeño número de tazas de cartón para llevar. La detective, por su parte, cogió su chaqueta.

—Nos acaba de llamar la Garda estacionada en las orillas del lago. Ya tienen el yate del abogado amarrado en el puerto. —Miró a ambos, esperando a que se levantaran de sus sillas—. ¿Nos vamos o qué?

19

Salieron de la comisaría y, tras introducir en el GPS la dirección del puerto donde estaba amarrado el yate, se pusieron en camino. Kiaran y Áine irían juntas en el coche patrulla de la primera y Mayordomo y Hayden en su coche. Se despidieron inclinando la cabeza y Hayden se sentó en la parte de atrás del Rolls Royce.

Una vez acomodados, el guardián esperó a que el coche de la detective saliera del garaje y se volvió hacia Hayden con una mirada que llevaba escrita una pregunta, además de algo de... ¿sorna? No estaba seguro.

—¿Qué? —preguntó, a lo que Mayordomo no respondió, sino que se limitó a mantener la mirada—. No pensarás que... —Se sonrojó repentinamente—. ¡No tengo tiempo para andar fijándome en chicas!

Mayordomo sonrió de forma burlona, volvió la vista para adelante, arrancó el coche y salió del garaje de la comisaría.

Mientras se movían entre las calles de Athlone, Hayden no pudo evitar pararse a pensar en la pregunta implícita de su guardián. Se había sentido atraído por diferentes mujeres en el pasado, pero nunca había tenido la oportunidad de mantener una relación de ningún tipo. Entre la vida ermitaña que llevaba y que el único momento para conocer a alguien solía darse mientras solucionaba crímenes, su relación con el sexo opuesto era cuando menos curiosa. Al contrario que en el pasado, Áine le atraía sin apenas haber tenido oportunidad de conocerla, algo que le preocupaba y extrañaba de igual manera.

No era de arrebatos pasionales, y al analizar todo con cuidado se daba cuenta de que no había ningún motivo real por el que sintiera ese magnetismo.

Mientras le daba vueltas al asunto, la música empezó a sonar dentro del coche, lo que le hizo salir de su ensimismamiento y erguirse de golpe en el asiento.

—¿En serio? —dijo enfadado a Mayordomo—. ¿*Every Breath You Take*, de The Police? —El otro no dijo ni una palabra y subió un poco más el volumen—. ¿Qué tenemos, dieciséis años? —Se cruzó de brazos, se volvió a reclinar en el asiento y observó cómo la sonrisa del guardián se ensanchaba. Era evidente que estaba disfrutando de este momento.

Mientras él refunfuñaba y maldecía a un imperturbable Mayordomo, atravesaron las últimas calles de Athlone para adentrarse en la parte más campestre de la urbe. El puerto del lago Ree estaba situado al norte de la ciudad, entre decenas de campos dedicados a la ganadería y casitas en las que, en su mayoría, los dublineses pasaban los fines de semana y los veranos. El cambio visual era impactante, y pasaron de estar rodeados de edificios de dos o más plantas a la más absoluta naturaleza en apenas unos metros.

El puerto era uno de los muchos que rodeaban el enorme lago, pero de los pocos que contaban con algunas instalaciones recreativas, como un bar y un restaurante, un parque para críos, varios caminos por los que pasear y la organización comarcal de remo, donde se impartían cursos todos los veranos. Era una de las zonas a las que más acudían los lugareños de Athlone a desconectar de la ciudad y mojarse los pies.

El área del puerto había sido acordonada para evitar a los curiosos, aunque en esa época del año, con el frío marcando su llegada a la isla, apenas había nadie más allá de los encargados del único bar. Como todo en la Irlanda campestre, una vez que pasaba el verano, la zona se quedaba casi vacía de visitantes, y el negocio subsistía gracias a los pocos que residían allí a lo largo del todo el año.

Estacionaron en el único aparcamiento disponible y se encaminaron al muelle en el que estaba anclado el yate. Era más pequeño que el principal, donde había varias decenas de embarcaciones amarradas. Estaba alejado de ojos curiosos y tapado por una frondosa arboleda; pertenecía a un conocido arquitecto que se encontraba fuera del país en esos momentos, lo que a la Garda le venía genial para analizar el lugar del crimen con relativa privacidad.

Hayden y Mayordomo se bajaron del coche y, tras vislumbrar a Kiaran y Áine esperando apoyadas en el coche patrulla de la detective, se acercaron a ellas atravesando el ahora silencioso parque infantil.

Él no pudo evitar fijarse en que, si bien esa era una zona con mucha actividad durante los veranos y fines de semana soleados, todos los columpios mostraban signos de necesitar un lavado de cara con relativa urgencia, y los edificios que rodeaban el puerto, una nueva capa de pintura.

Estaba seguro de que en verano el lugar lucía vivo y pintoresco, pero ahora no podía evitar pensar que era otra zona más de Irlanda atravesando una crisis de la que nunca parecía salir. Todo lucía gris y monótono, y daba una impresión de tristeza y abandono.

Kiaran estaba hablando con Áine, que agarraba su bolso con ambas manos contra el pecho.

—Le decía a Áine que tendrá que quedarse esperando en el coche custodiada por uno de mis agentes —les dijo la detective a ambos mientras cogía una linterna de la guantera del coche.

—Lo prefiero —dijo tímidamente la susodicha—. No creo que lleve bien eso de ver un cadáver.

Tras dejar a la joven en el aparcamiento, los tres se adentraron en la zona arbolada y llegaron por un camino de tierra al puerto en el que estaba amarrado el yate del fallecido abogado. Como el resto de la zona, definitivamente había vivido tiempos mejores. La pintura de la madera estaba descascarillada, y todas las piezas de metal, oxidadas. En algunos lugares se vislumbraba el color azulado del pasado, pero ahora mismo era una mezcla de azul, óxido y el marrón original de la madera. Esto hacía que la embarcación resaltara aún más, ya que estaba prístina, a primera vista como nueva.

Era un yate a motor de catorce metros de eslora por cuatro de manga. La superficie alternaba el color blanco en la parte superior de la cabina con un marrón claro en el resto. Se veía imponente y gritaba a los cuatro vientos lo desorbitado de su precio. Hayden estaba seguro de que incluso en los puertos colindantes nadie contaba con una embarcación tan vistosa como esa. Estaba claro que la víctima tenía gustos caros.

Los dos miembros de la Garda frente al viejo embarcadero se hicieron a un lado para dejarles paso. Ellos se pusieron los guantes para evitar contaminar la escena y accedieron al yate desde la popa, donde una pasarela de metal daba acceso a una pequeña entrada cubierta por una lona, como si fuera un descapotable.

La entrada daba paso a un recibidor no muy grande con varios sofás de cuero. En el suelo, en una caja de plástico amarilla, había seis botellas de lo que parecía vino. Hayden se acercó y levantó una por el cuello para verla más de cerca. Era un Palacios Priory de 2017, a casi quinientos euros la botella. Definitivamente, gustos caros.

El recibidor daba paso a una puerta sellada, en la que había dos cintas de policía, dando a entender que dentro se encontraba la víctima. Mayordomo se adelantó para abrirla y comprobar que no hubiera ningún peligro, pero antes de que tocara el pomo Kiaran lo paró y le entregó una máscara quirúrgica.

—No sabemos cuánto tiempo lleva el yate cerrado. —Se señaló la nariz—. El olor puede ser muy fuerte.

Después de asegurarse de que los tres tenían las máscaras puestas, el guardián entró en la sala en solitario y, tras unos segundos, indicó al resto que pasaran. Lo primero en lo que se fijó Hayden fue en la total ausencia de suciedad en la primera sala del yate. Estaba impoluto, y en el aire no había moscas ni insectos. Se apartó un momento la máscara para oler el ambiente y descubrió que no olía como debería en un lugar donde un cadáver llevaba tanto tiempo descomponiéndose. Era un olor neutro, ligeramente dulce, pero no tan fuerte como debería. ¿Quizá Olivier Dacla no había fallecido hacía tiempo como creían?

Mayordomo señaló el fondo del yate, donde parecía encontrarse el cuarto principal, se dio la vuelta y se quedó custodiando la entrada mientras Kiaran y Hayden avanzaban por el interior de la embarcación.

Todo a su alrededor dejaba claro que el abogado llevaba una vida de excesos y placeres: botellas igual o más caras que las encontradas en la entrada vacías en el fregadero de la cocina, prendas de diseño en el colgador junto a uno de los cuartos, y decoraciones doradas por todos los lados; incluso el grifo del pequeño baño que había junto a la cocina era de oro. Estaba tan recargado que era incómodo mirar durante mucho rato.

Llegaron a la habitación principal y Hayden entró detrás de Kiaran. Era lo bastante amplia como para que ambos entraran cómodamente, y la altura del techo les permitía estar a los dos erguidos.

El cuerpo de Oliver se encontraba desnudo y tumbado sobre la cama, cuya superficie estaba completamente manchada de sangre. Llevaba el suficiente tiempo allí como para que la sangre se hubiera secado incluso a pesar de la humedad del lago, así que lo que antes fuera una mancha de color rojo había pasado a ser de color marrón oscuro. La procedencia estaba clara, ya que el cadáver presentaba un corte enorme en la garganta. A ambos solo les hizo falta un vistazo rápido para determinar que un tajo de semejante magnitud era sin lugar a dudas mortal.

Lo primero que le llamó la atención a Hayden fue que el cuerpo no se había descompuesto; la piel tenía un brillo dorado, pero, por lo demás, de no ser por la enorme mancha de sangre que tenía debajo y el corte en la garganta, podía haber pasado por una persona que dormía profundamente.

Kiaran miró a Hayden extrañada.

—¿Cómo es posible? —dijo señalando el cuerpo—. Si lleva muerto al menos un mes, ¿por qué no se ha descompuesto?

Hayden se quedó pensativo unos instantes.

—¿Puedo acercarme a tocar brevemente el cuerpo? —preguntó.

—Sí —contestó ella—. Pero procura no moverlo. Los forenses necesitarán la escena del crimen lo más intacta posible.

Él se acercó y deslizó el dedo índice por la barriga no más de dos centímetros, presionando suavemente. Tras observar la pátina amarillenta que se le quedó pegada, se giró hacia Kiaran.

—Lleva muerto al menos un mes —dijo con confianza.

—¿Cómo lo sabes? —preguntó ella. Si bien confiaba en las palabras de Hayden, hacía falta algo más que una declaración firme para convencerla de que la persona que tenían allí delante llevaba muerta tanto tiempo.

—¿Ves el residuo que ha dejado la piel de Olivier sobre el guante? —Se lo acercó para que apreciara el color amarillento y ella asintió—. Esto se debe a que el cuerpo está en proceso de saponificación —concluyó.

Kiaran se quedó pensativa unos momentos antes de preguntar:

—¿Como las momias?

Hayden sonrió.

—¡Exacto! Reconozco que no me esperaba que supieras algo así.

Ella le quitó importancia.

—No tengo mucho que hacer los fines de semana más allá de ponerme el canal de historia. Algo se me tenía que quedar en la cabeza. De todas formas —dijo señalando el cuerpo—, ¿no es un proceso que tarda muchísimo tiempo en ocurrir?

Kiaran se imaginó sonriendo a Hayden debajo de la mascarilla. Estaba claro que le gustaba demostrar lo mucho que sabía de algo.

—No tiene por qué —comenzó a explicar él—. La saponificación es un proceso químico que ocurre cuando la grasa corporal se transforma en una sustancia dura, similar a la cera, y suele darse cuando hay mucha. —Señaló el cuerpo rollizo de Olivier, que, sin duda, en vida había sido una persona con sobrepeso—. A eso le añades el ambiente húmedo de fuera y el poco oxígeno que hay aquí dentro por tener todas las ventanas y puertas cerradas y se crea el caldo de cultivo perfecto para que el proceso se dé sin ninguna interrupción. Según la ciencia forense, la saponificación tarda aproximadamente un mes en comenzar. —Se volvió a mirar la mano—. Por el tacto, la cera formada no está del todo dura todavía, lo que me dice que no lleva ni dos meses muerto.

Kiaran se quedó mirándolo sin ocultar su sorpresa. Estaba claro que tenía un comportamiento algo peculiar y extravagante, pero sus conocimientos estaban siendo de gran ayuda.

Él, por su parte, se quitó el guante manchado y lo sustituyó por uno nuevo, y ella metió el viejo en una bolsa de pruebas para el equipo forense.

Era evidente que la muerte había sido violenta, pero no había signos de lucha por ningún lado. Esto ocasionaba dos teorías: una en la que el asesino limpiaba todo antes de marcharse y otra en la que la víctima no se encontraba consciente cuando recibió el corte mortal. Dados el tamaño y el peso, Hayden se decantaba más por la segunda opción. No habría sido fácil forcejear con el abogado sin que se produjeran heridas en defensa propia. Un rápido vistazo a las manos le confirmó que no tenían cortes ni heridas, y se lo hizo saber a Kiaran.

—Habrá que confirmar con toxicología si lo envenenaron o algo —dijo ella—. Podría haber seguido los mismos pasos que con Charles Diggery y drogarlo para asesinarlo con tranquilidad.

—No las tengo todas conmigo —respondió Hayden—. Creo que, en este caso, solo hizo falta el antiguo método de emborrachar a alguien hasta dejarlo inconsciente para acabar con él con calma y sin peligro.

Junto a la única ventana del camarote, por donde el socorrista debía de haber sacado la foto del cadáver que habían visto en comisaría, había un escritorio. Sobre él, varios papeles perfectamente organizados y doblados. Y sobre ellos, un libro que llamó la atención de Hayden, que se acercó y lo levantó para ver el título en la cubierta más de cerca. Sonrió y se dirigió a Kiaran.

—Creo que podemos confirmar que es el mismo asesino —dijo con confianza.

—Esa seguridad tuya un día de estos te va a traer algún problema —le respondió ella, que se acercó para ver lo que tenía entre las manos.

El título de la novela era *Las hadas y duendes en la mitología irlandesa*. Cada una de sus páginas estaba dedicada a una criatura mitológica diferente. Había un marcapáginas dentro, y al abrir el libro por donde señalaba, se fijaron en el nombre del hada: leanan sídhe.

20

El viaje de vuelta a casa se hizo en silencio. Mayordomo notó que Hayden estaba ensimismado, y, como sabía que cualquier estímulo externo podía sacarlo de sus pensamientos, mantuvo una velocidad constante y esquivó las zonas de mayor tráfico para evitar distracciones.

El maestro, por su parte, le daba vueltas a todo lo ocurrido durante el día. Le estaba costando concentrarse, y cada vez que dibujaba en su cabeza una carretera por la que encaminar sus deducciones se daba de bruces con Áine. De una forma u otra aparecía e interrumpía sus elucubraciones. Después de intentarlo sin éxito, se dio por vencido y se dedicó a mirar por la ventana el paisaje.

El cadáver del abogado no aportaba nada nuevo a la investigación, y más allá de deducir la fecha aproximada de la muerte y que tenía la seguridad de que era una de las víctimas iniciales de la asesina, no parecía haber nuevas hipótesis.

Llegaron a los terrenos de su hogar y aparcaron el coche. Mayordomo sacó su móvil para observar las fotos que había sacado al libro de la abuela para echar un buen vistazo a

Dagda, el dios bueno. Se lo llevó al oído y llamó mientras Hayden se tumbaba en el sofá a pensar en lo hablado con la anciana.

Volver a charlar con ella después de tanto tiempo, trabajar con Kiaran y la repentina aparición de Áine parecían haber tirado por la borda sus planes de ser un ermitaño.

Un pequeño golpe en la puerta de la salita lo sacó de su ensimismamiento. Se giró y descubrió a Mayordomo acompañado de una señora bien entrada en los sesenta que llevaba una mochila y un montón de telas en la mano.

—¿Mister Cárthaigh? Mi nombre es Máire —se presentó la señora— y tengo una sastrería en Glassan. —Dejó la mochila en una de las mesas y comenzó a sacar telas, cinta métrica y tijeras—. Su… empleado —dijo señalando a Mayordomo— me ha pedido que venga para prepararle el traje para la fiesta de mañana.

Hayden lanzó una mirada acusatoria al guardián, cuya expresión bien podría ser de piedra dada la falta de emoción que transmitía, y se obligó a levantarse.

—Se lo agradezco —comenzó a decir—, pero no creo que sea necesario. Seguro que tenemos algún traje tirado por la casa.

Máire echó un vistazo a su alrededor y se le escapó una risilla.

—Lo dudo bastante. —Se acercó a él con la cinta métrica—. Yo me encargaba de confeccionar los trajes de sus padres cuando aún estaban con nosotros. —Se santiguó rápidamente—. No creo que se acuerde de mí, pero también me encargué de coserle un traje para uno de sus cumpleaños, uno de marinero, si la memoria no me falla.

Hayden se dejó guiar mientras Máire tomaba sus medidas evitando tocarlo y paraba a tomar notas en su pequeña libreta.

—¿Conocía a mis padres, entonces? —preguntó él; era una oportunidad de saber algo más sobre ellos.

—¡Claro! —contestó felizmente Máire—. Me encargaba de cualquier tipo de arreglo que necesitasen los vestidos de la señora, y además me aseguraba de diseñar trajes para las múltiples fiestas a las que eran invitados —suspiró con añoranza—. Estas tierras eran un lugar mucho más feliz entonces —dijo, antes de darse cuenta de que estaba hablando con Hayden—. No es que ahora no lo sea, claro —se disculpó.

—No pasa nada —contestó él en voz baja. Debido a su condición, cuando era pequeño no solía salir mucho de los terrenos internos de la mansión, por lo que apenas si tenía conocimiento de nada de lo que ocurriese más allá de los muros—. Si me permite la pregunta, ¿por qué era un lugar mucho más feliz?

Máire miró a Mayordomo con inseguridad y sacó unas tijeras para cortar una vistosa tela azul. El guardián asintió.

—Cada estación se celebraba una fiesta a la que todo el pueblo estaba invitado —comenzó a contar la mujer con añoranza—. Justo al lado de los viñedos, a la orilla del lago, se ponían varios puestos de comida, y el señor siempre traía algún espectáculo para entretener a los niños del pueblo. Un circo ambulante, grupos de música, teatro… —A la tela azul se añadió otra de color marrón, más gruesa—. Un poco más alejado del lago, junto al bosque, se colocaba siempre una pira de leña gigante rodeada de bancos de madera, que se prendía y se utilizaba para despedir la estación y dar la bienvenida a la siguiente.

Hayden reconoció que sonaba como algo muy divertido, pero solo de pensar en la cantidad de gente por la que se vería rodeado ya se ponía a temblar.

—Y mis padres, ¿qué hacían en esas fiestas? —No tenía muchas oportunidades de saber más sobre ellos, por lo que pensaba aprovechar aquella.

—¿Los señores? —exclamó Máire sonriendo—. Siempre estaban en medio de todo. A su madre le encantaba bailar y su padre siempre se disfrazaba de pooka para perseguir a los niños por los terrenos con un traje de plumas negras que le hice justo antes de que usted naciera. —Bajó el tono de voz—. Pero, bueno, eran otros tiempos. —Terminó de cogerle las medidas y de cortar las telas que quería utilizar—. El traje estará listo para mañana. Lo enviaré tan pronto lo termine. —Y con una inclinación de cabeza y una sonrisa se despidió de Hayden, que le dio las gracias y se volvió a tumbar en el sofá.

Una vez que se quedó solo en la sala, empezó a darle vueltas a lo que había oído. Todo lo que Máire le había contado sobre las fiestas era anterior a que él naciera; por lo que la vieja costurera decía, las cosas empezaron a cambiar en la zona tan pronto como él apareció en el cuadro familiar. Por cómo había descrito las fiestas, parecían similares a las que Caireen celebraba cada final de temporada. ¿Acaso sus padres seguían la religión antigua irlandesa? Sacudió la cabeza, tratando de deshacerse de esas preguntas. Eran demasiadas para las pocas respuestas que podía conseguir.

Con un atisbo de extraña humanidad se dirigió a Mayordomo en cuanto este volvió de acompañar a la salida a Máire.

—¿Tú crees que... —le costaba sacar las palabras que quería decir— podríamos hacer una fiesta así cuando terminemos el caso? —Se le sonrojó hasta la punta de los dedos—. Nada especialmente grande, solo algo para que lo vea desde la casa.

El guardián le dirigió una de sus enigmáticas miradas y asintió, sin dar a conocer su opinión al respecto. Se levantó para ir a la cocina y volvió poco después con la cena, que había dejado preparada antes de salir por la mañana y solo tuvo que calentarla.

Hayden miró el brócoli que asomaba del puré que tenía delante y le puso cara de asco a Mayordomo.

—Tú me odias y esta es tu forma de decírmelo, ¿verdad? —Pinchó con un tenedor el vegetal—. De veras que pedir una hamburguesa a un Burger King o algo no tiene que estar mal. No sé, por variar.

Mayordomo, con una mirada falsa de ofendido, se retiró para hacer la ronda y asegurarse de que todas las puertas y ventanas de la casa estaban cerradas.

Hayden, una vez que terminó de cenar, se retiró a su cuarto, donde cerró las persianas y se sentó sobre la alfombra de pelo que tenía a los pies de su cama doble.

Algo común entre las mentes especiales como la suya es no poder conciliar el sueño; incluso mientras duermen no descansan adecuadamente. Teniendo en cuenta la importancia de recuperarse cada vez que salía de su zona de confort y se veía expuesto a estímulos externos, desde pequeño le habían inculcado unos hábitos claros para poder conciliarlo. Empezó por tensar en intervalos de cinco segundos y descansos de treinta un grupo de músculos en concreto hasta cubrir todo el cuerpo, seguido de un ejercicio de respiración profunda que lo ayudaba a concentrarse en respirar y dejar todo lo demás fuera de la cabeza. Una vez que se sintió relajado, se subió a la cama y cerró los ojos; se quedó dormido pocos segundos después.

Un ruido lo despertó después de lo que le parecieron apenas unos minutos de estar dormido. Abrió los ojos repletos de legañas y bostezó. La puerta de su cuarto estaba abierta y la luz del sol entraba desde las ventanas del pasillo, por lo que imaginó que ya era de día. Se desperezó y se encaminó al comedor, donde Mayordomo lo esperaba con una bandeja con el desayuno en una de las mesas y el periódico del día. Por la posición del sol calculaba que ya era mediodía.

Notó de pronto el hambre que tenía, así que se sentó en una de las sillas de la mesa principal y cogió el periódico para ver si había alguna novedad. Mientras leía las noticias sobre el asesinato de Sarah (sin dar muchos detalles, más que nada porque no tenían ninguno, pensó con sorna), su mirada se vio atraída por la fecha del periódico. Estaba mal. Decía que era martes, cuando tenía que ser lunes.

—Mayordomo, ¿he dormido treinta horas seguidas? —le preguntó a su siempre silencioso acompañante, y este asintió.

Bueno, eso explicaba el hambre que tenía. No era la primera vez que dormía más de veinticuatro horas seguidas, pero tampoco era algo común. El traqueteo de los últimos días le estaba pasando factura, sin lugar a dudas. Una vez que terminase el caso, tendría que tomarse un descanso largo para recuperarse.

En la otra punta de la mesa se encontraba esperándolo el traje, envuelto en un plástico negro para evitar que se manchase. Tenía curiosidad por verlo, así que terminó el desayuno y se acercó para desenvolverlo. Antes de que Hayden rozara el protector, Mayordomo le puso la mano en el hombro y, al girarse, le entregó una muda limpia.

—¡Esto es una dictadura! —empezó a quejarse mientras el hombre lo dirigía al baño—. ¡Ni tan siquiera puedo decidir cuándo ducharme o no!

El guardián continuó empujándolo, abrió la mampara de la ducha, lo introdujo bajo la alcachofa y abrió el agua fría ante las quejas de Hayden.

—¡Socorro! ¡Me quieren ahogar!

Fuera, el servicio ignoraba los lamentos. Llevaban muchos años viviendo allí y sabían de la extraña relación que había entre ambos.

Una vez duchado y a regañadientes, sacó el traje de la funda de plástico y se probó las diferentes piezas. Cuando terminó de calzarse las botas de cuero, se asomó a un espejo. Definitivamente, Máire sabía lo que se hacía con las agujas. Era una transformación completa. Los pantalones de tela marrón eran cómodos y le permitían moverse libremente. La túnica era azul bordada con hilo de oro, y encima de ambos llevaba un cinturón de cuero decorado con el escudo de la región de Westmeath. A los hombros llevaba atado un manto real de color rojo, que tenía la parte de arriba cubierta con una capelina de color blanco. El traje lo completaba una corona de madera dorada.

A su lado, Mayordomo admiró el conjunto y, asintiendo con la cabeza, le mostró los dos objetos que traía en las manos: en la derecha, una pequeña arpa decorativa de madera, que apenas pesaba nada y se podía colgar de un lateral del pantalón, y en la izquierda, un bastón tallado. Hayden admiró este; cogió ambos objetos y se dirigió al aparcamiento, con el guardián pisándole los talones.

En la mesita de la cama, olvidada, se quedó la bolsita de cuero con el talismán que Caireen le había preparado.

21

Las fiestas de los Quigley eran uno de los aconteci-mientos sociales del año. La prensa estaba completa-mente vetada y, para evitar que algún indeseado se colase en la fiesta, se celebraban en lugares en los que el acceso estaba muy controlado. Gracias a la enorme cantidad de mansiones y villas de la campiña irlandesa, no era difícil encontrar un sitio donde la discreción fuera de la mano del buen gusto.

Para la fiesta de bienvenida del otoño, Olga y Áine esco-gieron la venerable Belvedere House, una de las villas geor-gianas más conocidas de Irlanda.

Como todas las grandes casas diseñadas para la antigua nobleza inglesa, el terreno lo componían varios edificios ro-deados de tierras de labranza y un lago, en este caso el En-nell, y al igual que la antigua casa de los Waterson, la histo-ria del lugar estaba plagada de oscuridad y desdicha, lo que llevó a la desaparición de la rama familiar y a que los terre-nos y la casa los comprara el Gobierno de Westmeath, que ahora los alquilaba para eventos sociales.

Por poner un ejemplo de su turbia historia, Robert Rochfort, uno de los lord Belvedere, obligó a su pareja a residir bajo arresto domiciliario durante más de treintaiún años debido a las habladurías que la acusaban de haberlo engañado con su hermano, y construyó el llamado «muro de la envidia», que impedía ver desde su casa la de su hermano, más grande y, a ojos del conde, más bonita que la principal. Esto llevó a que el pueblo lo apodase el Conde Malvado y a que poco después la familia desapareciera sin herederos.

Hayden y Mayordomo llegaron a los terrenos externos de la mansión, separados del interior por una verja de hierro y a los que solo se podía acceder por una enorme puerta principal. Mostraron su invitación a dos trajeados guardias de seguridad que, tras comprobar que su nombre estaba en la lista, los dejaron pasar y le indicaron a Mayordomo dónde aparcar el coche. Tras adentrarse en los jardines y estacionar frente a la gran mansión, el guardián abrió la puerta del coche y Hayden salió a la luz de la tarde.

A su alrededor, más y más invitados llegaban a la fiesta y se juntaban con aquellos que ya estaban en los jardines, hablando y bromeando. Hayden, que no conocía a nadie, se sentó en uno de los bancos frente al lago, desde donde observaba cada llegada, alejado de la gente, y analizaba a cada invitado, intentando en vano adivinar cuál podría ser el asesino. Absolutamente todos los asistentes estaban disfrazados, y cada traje nuevo era más atrevido que el anterior.

Había hombres disfrazados de kelpies, con los pies cubiertos de pelo blanco, cola de caballo e incluso, en algunos casos extremos, una máscara de equino. Las hadas pululaban por todos los lados con trajes vistosísimos y maquillaje de todos los colores, riéndose en voz alta. La cantidad de hombres disfrazados de leprechaun era alta, y se sorprendió de ver incluso a un far darrig, considerado el hermano gemelo malvado de los leprechauns, que, vestidos de rojo y con un saco gigante a su espalda, raptaban humanos para disfrutar torturándolos. Era definitivamente una elección curiosa para una fiesta temática.

Una vez que el número de coches que llegaba al aparcamiento se redujo, se oyó una pequeña campana, que era la invitación a todos los presentes para que se acercaran a la puerta principal, donde un mayordomo comenzó a presentarlos en voz alta con el nombre de la criatura o personaje mitológico que representaban con sus trajes.

Por la puerta pasaron conocidas actrices irlandesas disfrazadas de merrow, una criatura marina similar a la sirena que tenía los pies de pato y caminaba en tierra firme gracias a su capa de plumas rojas. La espectacular entrada de uno de los músicos más conocidos de Dublín disfrazado de ogro fue eclipsada por la entrada del propio Eoin, que, disfrazado como el héroe irlandés Cú Chulainn, entró acompañado por un séquito de tres hadas lanzando flores a su alrededor. A Hayden todo esto le parecía un ejercicio de vanidad absurdo, y mientras respiraba hondo y vigilaba la fila de invitados, llegó su turno.

El vocero tomó la tarjeta de las manos de Mayordomo y lo anunció de viva voz.

—¡Desde la gran casa de Waterson, llega Dagda, el dios bueno!

Unas cuantas caras se giraron al oír ese nombre, ya que la procedencia de Hayden era una novedad y en fiestas como esas lo novedoso llamaba a la puerta y al interés de todos los presentes. Con una sonrisa tensa se adentró en la mansión Belvedere, que ya se encontraba sumida en el caos, con los invitados bebiendo y cogiendo tentempiés de las enormes mesas repletas.

Más allá de relacionarse y presentar obras de arte, las fiestas de Eoin no tenían ningún plan, y Hayden se quedó paralizado nada más entrar por la puerta principal por el alto volumen de la banda contratada para tocar música clásica y las muchas voces que amenazaban con ser demasiado para él. Con suavidad pero firmemente, Mayordomo se abrió camino a una de las esquinas en las que menos invitados había y a la que Hayden llegó sudando y temblando. El guardián le dirigió una mirada preocupada mientras le alcanzaba un vaso de agua fría, pero Hayden desestimó su inquietud con un movimiento de la mano.

—Esto es demasiado importante como para echarme atrás —dijo, y dio un largo sorbo de agua.

—Buenas tardes, lord Dagda —se presentó una de las camareras, que llevaba una bandeja repleta de bocaditos de verdura y pescado—. ¿Podría ofrecerle algo?

Él negó con la cabeza.

—No, muchas graci... —La voz le sonaba de algo. Levantó la mirada y reconoció a Kiaran, que estaba maquillada como si de un hada del invierno se tratase—. ¿Kiaran?

—No, si quieres soy el hada madrina —contestó con una sonrisa forzada la jefa de los detectives—. Como alguien del departamento me vea disfrazada de esta manera no pararé de oír sobre ello durante años. Espero que tengas razón o encontraré la forma de vengarme. —Con otra sonrisa que prometía una tortura eterna, se alejó de la pareja para servir al resto de los asistentes.

Un par de invitados hicieron además de acercarse a Hayden, pero con una rápida mirada Mayordomo los hizo desistir. El chaval estaba rodeado de gente, pero, al igual que un dragón protegiendo su tesoro, el guardián evitaba que nadie se acercara lo suficiente como para tocarlo. Tras unos minutos observando al resto de los asistentes y un par de saludos incómodos que requirieron de toda la fuerza mental de Hayden, Eoin, como maestro de ceremonias, llamó la atención de los presentes utilizando uno de los micrófonos que tenía la banda de música clásica.

—Buenas noches, mis queridos invitados. —Un aplauso siguió a sus palabras, y Hayden no pudo sino sentir repugnancia por la necesidad de protagonismo y alabanza del anfitrión—. Muchas gracias por asistir a la última fiesta del año. —Cambió el tono de voz por uno más serio—. Como muchos sabéis, estas fiestas eran una parte muy importante de la vida de Olga, mi mujer y musa. —Varias voces expresaron su pesar y ánimo y Eoin reclamó la atención levantando la mano—. Mi vida no va a ser lo mismo sin ella, pero es importante que la recordemos como era, una maravillosa persona que dio su vida por el arte. —Un aplauso se elevó por la sala—. Con esto en mente, las puertas del segundo piso de la mansión están abiertas para que observéis las piezas de arte con las que muchos de vosotros nos habéis obsequiado. —Se había olvidado algo, así que continuó—: ¡Ah! Y si estáis interesados en alguna de las piezas expuestas o en su artista, no dudéis en hablar con la persona que esté a su lado. Ella se encargará de todo. —La sonrisa volvió a su rostro, dejando olvidada su expresión de tristeza y pesar de hacía unos segundos—. Ahora, ¡disfrutad de la fiesta!

Una vez el piso de abajo se vació un poco y fue posible caminar sin chocar con nadie, Hayden se levantó de su esquina y, con Mayordomo delante, subió las escaleras a la segunda planta, donde lo esperaba Kiaran con otra bandeja en las manos.

—Por el momento no he visto a nadie sospechoso —dijo en voz baja ella. A ojos de cualquiera, parecía una camarera ofreciendo uno de los pequeños canapés a Hayden—. ¿Has visto tú algo?

—No —reconoció Hayden—. Es muy pronto todavía, y todo el mundo parece conocerse. —Por primera vez pensó que quizá no había meditado del todo bien su idea. ¿Cómo descubrir a un posible asesino si era él mismo el que más destacaba en la fiesta por ser un completo desconocido?—. Voy a echar un vistazo a las presentaciones —afirmó mientras cogía uno de los tentempiés de la bandeja de Kiaran. No tenía hambre, pero algo debía justificar el que la camarera pasara tanto tiempo con un invitado—. La lógica me dice que el asesino debería estar cerca de las obras de arte, donde puede escoger a su presa con libertad.

Kiaran asintió con la cabeza y se adentró en el segundo piso adelantando a Hayden, que, junto a Mayordomo, esperó unos segundos antes de seguir sus pasos. Su dolor de cabeza crecía por momentos. Solo habían pasado unos minutos dentro de la mansión y todos y cada uno de sus músculos le estaban pidiendo que saliese de allí cuanto antes y volviera a la seguridad de su casa, donde no había ruidos ni personas.

Forzó su cuerpo como nunca lo había hecho antes y sonrió y saludó con la cabeza a completos desconocidos, que levantaban la copa a su paso intentando crear un sentimiento de camaradería entre artistas y mecenas que poder explotar más adelante en la fiesta.

Desde una hermosa estatua de una dríade hecha con alambre y hojas secas hasta un jarrón negro de ceniza volcánica, pasaron por delante de numerosas obras de arte de todas las formas y colores. Junto a cada una, tal y como Eoin había mencionado, había una mujer o un hombre con quien conversar sobre la pieza, ya fuera del precio, que no estaba presentado en la exposición, o del artista en cuestión. Vio a un conocido presentador de noticias discutir sobre el precio de lo que parecía una estatua de una mujer corpulenta, y más de una obra ya tenía la etiqueta de vendida. Estaba claro que nadie perdía el tiempo en esas fiestas.

Después de recorrer varias habitaciones llegaron a la central, la más grande de ellas, reservada para las piezas principales de la noche. Eran en su mayoría cuadros de algunos de los artistas más reconocidos del momento, así como de nuevas promesas que, al igual que Sarah, fueron invitadas a presentarlos en sociedad.

El cuadro situado en medio le llamó inmediatamente la atención. Era enorme, un lienzo del tamaño de un ser humano. Estaba de espaldas a la entrada, probablemente para causar una mayor impresión y forzar a los visitantes a dar la vuelta a la habitación entera. Hayden, con Mayordomo a su espalda, rodeó la sala y se paró en seco al verlo.

El cuadro mostraba a una mujer desnuda de pelo rojo, largo y suelto sobre los hombros que sostenía una vasija sobre la cabeza de la que caía un líquido rojo, que se deslizaba por los brazos y los hombros hasta acabar en un charco a sus pies. La expresión era de tristeza, con la boca abierta y lo que parecían lágrimas mezclándose con la sangre. Al pie del lienzo, el título rezaba *El lamento de la leanan sídhe*. Era el cuadro de Sarah Burke.

Frente a él había reunido un grupo de mecenas y artistas por igual que lo observaban maravillados y susurraban. El encargado de presentar el cuadro, un hombre menudo vestido de fauno, hablaba sobre la pieza.

—Esta es la obra póstuma de Sarah Burke, artista inglesa y estudiante del GMIT. —El sátiro se había aprendido todo de carrerilla y lo recitaba como si de un manual se tratase—. La recordarán por haber participado en algunas de nuestras fiestas con anterioridad. —Movió teatralmente la mano, señalando al enorme cuadro—. Esta es sin lugar a dudas su mejor obra y, según sabemos, la última en la que trabajó antes de fallecer trágicamente hace unos días. —Algunos de los artistas presentes sollozaban—. Es un homenaje a la leanan sídhe, la musa de las musas, aquella que roba la vida de los artistas a cambio de inspiración.

Antes de continuar, Hayden le hizo una seña y se acercó.

—¿Cómo ha llegado este cuadro aquí? —preguntó sin preámbulos.

—Ha sido una donación anónima, no sé de quién. A mí solo me han dado el texto para aprendérmelo y el precio de la pieza —contestó el fauno—. ¿Estás interesado en comprar el cuadro? —Sacó un bolígrafo y un cuaderno—. El precio inicial es de diez mil euros, pero puede subir según los interesados.

Hayden empezó a mirar a su alrededor. El asesino estaba entre ellos, no tenía la menor duda. Nadie más podría haber cogido el cuadro y traerlo a la fiesta.

—¿Puede alguien además de mister Quigley exponer piezas? —volvió a preguntar Hayden. El fauno pareció no querer responder, pero un rápido vistazo a Mayordomo lo sacó de dudas.

—Claro. Cualquiera de los mecenas puede patrocinar la pieza de un artista para una de estas fiestas —contestó convencido.

—¿Sabes quién ha patrocinado esta pieza? —La persona que lo había traído tenía que estar relacionada con el caso, ya fuera el asesino o un posible ayudante. No había duda alguna.

—Como ya le he dicho, en el caso de este cuadro, el mecenas ha preferido mantener su anonimato. No sé a quién pertenece. Y aunque lo supiera no estaría autorizado a revelarlo —respondió encogiéndose de hombros.

Por el rabillo del ojo, Hayden vio a Kiaran, que había entrado con una bandeja repleta de copas vacías y se dirigía hacia ellos de forma disimulada sorteando a los invitados y recogiendo más copas para llevarlas a la cocina. Justo cuando estaba a punto de llegar a ellos, se oyó un golpe seco, como el de un fusible o una bombilla al estallar, y las luces del edificio se apagaron, sumiéndolo en la más absoluta oscuridad. Incluso con las ventanas abiertas, la noche irlandesa era negra como pocas, y sin estrellas en el cielo no había forma de ver absolutamente nada en la sala.

En un primer momento nadie se movió, al pensar que quizá era un fallo eléctrico. Por la puerta se vislumbraba algo de luz, lo que significaba que el piso de abajo aún tenía corriente. Al intentar dirigirse hacia allí, alguien se tropezó con Hayden, que, intentando evitar que nadie lo tocase, se cayó al suelo justo a la par que se oyó un tremendo rugido que lo ensordeció; encogió las piernas hacia el pecho de modo que pudiera taparse los oídos con las manos. A su alrededor se desató el caos, y los invitados salieron corriendo por donde asumían que estaba la salida mientras algunos encendían la linterna del móvil y apuntaban al suelo para saber por dónde pisaban.

Los repentinos ruidos fueron demasiado para Hayden, que trató de enderezarse para salir de aquella oscuridad tan caótica, camino a la luz.

Alguien lo pisó y una rodilla impactó en su cara y se cayó de nuevo al suelo. No podían haber pasado más de unos pocos segundos cuando la luz volvió a llegar tal y como se había ido, y Hayden levantó la vista y vio a Kiaran sobre él, protegiéndolo de que alguien volviera a pisarlo por error. Hayden alcanzó a decir:

—¿Mayordomo?

A un metro de él se encontraba tumbado su fiel guardián, bocarriba, con los ojos cerrados y un charco de sangre formándose a su alrededor.

22

Los gritos comenzaron unos segundos más tarde. Los presentes en la sala salieron corriendo de ella. Hayden estaba boquiabierto y paralizado junto a Kiaran, cuyo instinto, una vez pasada la sorpresa inicial, entró en acción, y se lanzó sobre el cuerpo inmóvil de Mayordomo, al que rápidamente examinó en busca de la herida.

—¡Hayden! —gritó—. ¡Ayúdame!

Pero aquello era demasiado para él; los ruidos, los golpes y la visión de su guardián en un charco de su propia sangre habían hecho que se retirara a ese lugar de su mente donde nada entraba ni salía. Oía la voz de Kiaran, pero no podía responder ni moverse.

Ella, por su parte, maldijo en voz alta y le abrió de un tirón la camisa a Mayordomo. A la vista quedó una pequeña herida de bala en el lado izquierdo del pecho. Apoyó la oreja contra el tórax y se volvió para mirar a Hayden. Lo agarró de un pie para sacarlo de su parálisis.

—¡Mayordomo sigue vivo! ¡Necesito que me ayudes a darle la vuelta para ver si hay agujero de salida!

Las palabras de Kiaran tuvieron el efecto deseado. Sin entender bien cómo, Hayden se situó a su lado y juntos movieron el enorme cuerpo lo suficiente para ver que la bala había entrado y salido. Dejaron el cuerpo con cuidado y él se volvió a mirar a Mayordomo, que continuaba con los ojos cerrados. Ella salió corriendo a pedir ayuda mientras llamaba a los servicios de emergencia con el móvil.

Hayden no supo cuánto tiempo pasó desde que se apagaron las luces hasta que llegó la ambulancia. Lo más probable es que apenas minutos, pero podrían haber sido décadas. Recordaba vagamente haber sido apartado con cuidado por los sanitarios y a Kiaran acompañándolo al vehículo que trasladó al guardián al hospital central de Mullingar, el más cercano.

También recordaba que alguien le puso una manta por encima de los hombros y lo acompañó a la sala de espera de la unidad de emergencias, donde Kiaran no dejó que nadie se le acercara y confirmó que no había sido herido tras decirle que se desvistiera. La detective pidió un chocolate, que un enfermero le trajo de una de las máquinas de café del hospital, y se lo puso en las manos, animándolo a beber.

El chocolate hizo el efecto deseado. Como si de gasolina para un motor sediento se tratase, la mente de Hayden empezó a despertar y alcanzó a decir en voz baja:

—¿Cómo está Mayordomo?

Kiaran, claramente aliviada de que pudiera comunicarse, contestó:

—Está fuera de peligro, pero en cirugía. Por lo que nos han contado, la bala no ha dado en el corazón por unos centímetros. Al parecer esto la desvió. —Le mostró el que sin duda era el saquito de cuero que su abuela les había dado para protegerse y la plancha de metal agujereada de su interior—. Están comprobando los daños causados por la bala y asegurándose de que no hay ningún fragmento dentro, pero ha tenido mucha suerte.

Hayden asintió. Su abuela no pararía de hablar de esto en cuanto se enterase. Dio un sorbo más al chocolate que tenía en las manos y se lo terminó. Con un gesto señaló al enfermero más cercano, al que pidió más chocolate, y levantó la mirada.

—¿Qué sabemos del atacante?

—Absolutamente nada —suspiró Kiaran—. Ha ocurrido todo tan deprisa que no me dio tiempo a pedir que cerrasen las puertas de la mansión. —Se la notaba enfadada—. Para cuando las cerramos, más de la mitad de los invitados ya habían salido corriendo y estaban de camino a su casa. Aún quedan casi todo el servicio y aproximadamente la mitad de los invitados y sus acompañantes.

—El asesino estaba allí, con nosotros —empezó a explicar Hayden—. Sabía que llegaríamos a esa sala y que nos daríamos cuenta del cuadro. Nos estaba esperando. —Apretó las manos con furia—. Sabía que acabaría por descubrir quién era y ha intentado silenciarme. Si no llega a ser por Mayordomo… —Le costaba tragar saliva del nerviosismo y la preocupación.

—¿Alguna idea de quién podría ser? —preguntó Kiaran—. Tenemos una lista de invitados y los disfraces con los que se presentaron. Si sabes qué traje llevaba, podemos encontrarlo.

—Sabía que estábamos allí. Nos estaba esperando —repitió Hayden—. Tiene que ser alguien al corriente de la investigación. —Se pasó las manos por el pelo—. Hay que encontrar a la persona con la que estábamos hablando delante del cuadro de Sarah, el sátiro encargado de contar su historia. —Hizo además de levantarse, pero solo pudo elevarse unos centímetros antes de caer de espaldas en la silla de nuevo—. Todos los cuadros los presentaba alguien, ya fuera un mecenas o el propio Eoin. Alguien tuvo que ponerlo ahí y entregarle el texto. Aunque no haya sido el asesino, ha tenido que venir de algún sitio. Hay que seguir el rastro del cuadro —dijo con seguridad.

Por la puerta de la sala de espera entraron en ese momento Eoin y Áine, que se dirigieron a donde estaba Hayden. Los dos tenían cara de preocupación.

—¿Qué es lo que ha pasado? —empezó preguntando él—. Tenemos a la mitad de los invitados en la fiesta sin poder moverse de la mansión. —Apuntó con el dedo a Kiaran—. ¡La prensa está empezando a llegar y sin una historia clara van a sacar sus propias conclusiones! ¡Esto podría arruinar mi carrera!

Ahí estaba el motivo de la visita, pensó Hayden. No le importaba Mayordomo ni que hubiera un asesino en su fiesta. Lo único que le preocupaba era la opinión pública y que se vinculara su imagen con un desastre como aquel. Se levantó y, antes de que Kiaran pudiera evitarlo, le soltó un puñetazo que lo lanzó al suelo.

—En el segundo piso, en la sala principal, estaba el cuadro que faltaba en la escena del crimen de Sarah Burke. —La voz de Hayden podría haber cortado el hielo. Eoin se arrastró por el suelo, alejándose de él, mientras Kiaran trataba de interponerse—. El asesino lo ha puesto ahí porque sabía que esta noche intentaríamos tenderle una trampa. —La furia hacía que escupiera las palabras—. ¿Cómo sabía que estaríamos allí? ¿Quién le ha dado permiso para poner el cuadro? —Señaló con el dedo al productor de cine—. Si no llega a ser por Mayordomo, no estaría aquí.

Kiaran se llevó las manos al bolsillo, sacó el teléfono móvil y se lo llevó a la oreja. Tras unos segundos, colgó y se quedó mirando fijamente a Eoin.

—¿Tiene usted una pistola? —preguntó.

Eoin palideció mientras se ponía de pie.

—No sé qué está usted insinuando. Sí, tengo una pistola, con licencia, he de decir, que no se ha disparado jamás y está metida en una caja fuerte en nuestro apartamento de Cork.

Kiaran abrió WhatsApp y le mostró una foto en la que se veía una pistola de color negro.

—¿Es esta?

Eoin se acercó y la sangre pareció abandonar su cuerpo.

—Se parece, pero no puede ser, está en Cork.

—No —contestó ella—, estaba escondida en uno de los jarrones de la exposición, la ha encontrado uno de los detectives mientras buscaba pistas por la sala. —Se acercó a él—. Mister Quigley, necesito que me acompañe a comisaría para responder unas cuantas preguntas sobre la pistola, no pienso admitir un no por respuesta.

Eoin se echó para atrás, negando con la cabeza, y se dio la vuelta para salir por la puerta, momento que aprovechó entonces Kiaran para agarrarlo por el brazo con fuerza y evitar que se escabullera.

—Tiene dos opciones: o viene conmigo por las buenas, o esposado. No estoy acusándolo de nada, pero necesita contestar a varias preguntas.

Hayden se quedó mirando en silencio, sin acabar de entender bien lo que ocurría. Eoin no podía ser el asesino. Era demasiado sencillo, demasiado fácil. ¿Cuál era su motivación? Estaba muy confuso y no podía contestar ni decir nada, por lo que se quedó en silencio. Kiaran sabía lo que se hacía, e imaginó que querría averiguar de dónde había sacado la pistola y la supuesta licencia Eoin, cuando en Irlanda es ilegal tener armas de fuego personales, más allá de algún rifle de caza.

—Necesito llevarme a Eoin a comisaría. —Miró a Hayden—. Mayordomo no podrá recibir visitas hasta mañana. ¿Podrás volver a casa por tu cuenta?

Él no se había parado a pensar en ello. No tenía carné. Toda su vida había dependido de su guardián para desplazarse, así como para hacer cualquier cosa que no fuera utilizar su cabeza. ¿De qué le servía ahora su inteligencia si no sabía conducir y no tenía ni un euro encima? Le empezaron a temblar las manos.

—Yo me encargo, detective —contestó Áine—. Puedo llevarlo a casa y asegurarme de que esté bien. Así sabrá dónde estoy cuando tenga que venir a interrogarme —sonrió tristemente—, entiendo que también querrá hablar conmigo.

Kiaran no estaba del todo segura, pero tenía que llevar al productor a la comisaría, por lo que volvió a mirar a Hayden, que se había quedado en silencio. Ni todo el chocolate caliente del mundo podía evitar que lo ocurrido no empezase a pasarle factura.

—Tan pronto como me asegure de que Eoin está bajo custodia, me presento en la mansión —dijo mirando a Hayden y a Áine—. ¿Estarás bien?

Él asintió con la cabeza y se sentó a terminar su segundo chocolate caliente mientras Kiaran sacaba a la fuerza a Eoin, que no dejaba de sollozar y clamar que él no había asesinado a nadie.

La asistente se sentó en la silla al lado de Hayden, demasiado cerca para su gusto.

—Venga, vámonos —le dijo con una sonrisa triste—. Aquí no puedes hacer nada y necesitas vestirte o te vas a poner enfermo.

Fue entonces cuando Hayden recordó que estaba semidesnudo, ya que se había quitado el traje lleno de sangre para entregárselo a la policía nada más llegar al hospital. Todo lo que lo cubría eran una manta y sus calzoncillos. Se puso rojo como un tomate y se levantó para seguir a la asistente de Eoin, dejando atrás por primera vez desde el fallecimiento de sus padres a Mayordomo. Salieron por la puerta de emergencias del hospital de Mullingar, donde él esperó un par de minutos hasta que Áine volvió con su coche, un viejo Renault Megane gris al que, por el sonido que hacía, le faltaba muy poco para acabar como chatarra. Las puertas no coincidían con el resto de la pintura del coche y uno de los cristales laterales tenía cubierta una esquina con lo que parecía ser cinta de carrocero.

Se montó en el asiento de atrás y apartó un sinfín de papeles, pinceles y botes de pintura para hacer sitio. En la parte de delante, Áine se disculpó.

—Lamento el desorden. Me temo que el coche no esperaba visita esta noche. —Sonrió.

—No te preocupes —contestó Hayden—. Muchas gracias por acceder a llevarme a casa.

—¿Qué menos podía hacer? —Se encogió de hombros mientras metía la dirección en el GPS de su teléfono móvil—. Yo misma organicé la fiesta, por lo que todo esto podría considerarse mi culpa.

Hayden negó con la cabeza y, antes siquiera de luchar contra él, el cansancio hizo que cerrara los ojos de sueño y perdiera el sentido.

23

Quizá se debía al cansancio o a un mecanismo de defensa que tenía su cabeza para darle tiempo a procesar todo lo que había pasado a lo largo de la tarde noche, pero el sueño de Hayden lo llevó de vuelta al pasado. A ese tiempo que se negaba a recordar y que siempre mantenía alejado de sus pensamientos.

Rememoró la vez que llegó Mayordomo a su vida. Cuando su abuela no quiso soltarle la mano hasta que varios guardias vestidos con trajes negros la obligaron, de forma amable pero clara, a dejarlo y a que saliera de la mansión en la que había vivido toda su vida.

Aun teniendo siete años, entendía perfectamente que sus padres habían fallecido y que no volvería a verlos. Su mente racional sabía que era una verdad imposible de cambiar, pero su cuerpo no parecía querer hacer caso a la razón y se negaba a moverse del rincón en el que estaba sentado desde que se habían llevado a su abuela. Por mucho que intentó parar de llorar, era como si su mente se hubiera desconectado por completo del cuerpo.

Tampoco ayudó que no hubiera podido despedirse de sus padres esa mañana. Se había quedado dormido después de una noche de tormenta en la que le costó conciliar el sueño, y ambos se marcharon temprano a visitar a unos amigos en el norte de la isla. La idea era que él también los acompañara, pero, al ver lo cansado que estaba, decidieron dejarlo con su abuela.

Nadie sabe qué hacía aquel camión en una carretera tan estrecha ni en qué estaba pensando el conductor llevando una carga tan pesada por una zona tan empinada, pero el resultado fue que, mientras el coche de sus padres subía una cuesta, al camión que tenían en frente le fallaron los frenos cuando bajaba y se lo llevó por delante, y ambos vehículos acabaron al fondo de un pequeño barranco. Ninguno de los tripulantes sobrevivió.

Sus padres habían dejado todo claramente explicado y escrito para que en la eventualidad de su fallecimiento a Hayden no le faltara de nada, y esto incluía a Mayordomo, quien sería desde ese momento su tutor legal.

Recordó que un ruido en la puerta del cuarto le llamó la atención y, al levantar la vista brevemente, vio a un hombre vestido con un traje negro y con una de las bandejas de plata de la cocina. A diferencia de su padre, ese señor llevaba guantes blancos para evitar manchar la bandeja, y su expresión podría haberse comparado a la de cualquiera de las gárgolas que adornaban los tejados de la mansión.

Se acercó a él, dejó la bandeja en el suelo y se retiró poco después a la puerta, donde esperó pacientemente a que empezara a comer. La actitud de ese hombre le pareció curiosa a Hayden, y por primera vez en varios días levantó la vista hacia la bandeja, que contenía una hamburguesa, unas patatas fritas y un zumo de manzana. Era su comida favorita, y se dio cuenta del hambre que tenía. Sin volver a mirar al silencioso guardián que había en la puerta, se comió la hamburguesa rápidamente.

Con el estómago satisfecho, volvió a su rincón, pero reparó en que ya no lloraba. Levantó de nuevo la vista y vio al recién llegado agacharse, recoger la bandeja y llevársela. Eso se repitió a la hora de la cena, y también por la mañana al día siguiente. Cuando el hombre estaba a punto de salir de su cuarto con los restos del desayuno, no pudo evitar preguntarle.

—Perdone... —Su voz sonaba seca después de días sin usarla—. ¿Quién es y cuál es su nombre?

La figura se paró en la puerta, se giró y con voz baja dijo una única palabra:

—Mayordomo.

—¿Mayordomo? —preguntó él extrañado—. Eso no es un nombre, es una profesión. Me lo ha contado mi padre —le dijo al extraño.

Este, por su parte, lo miró atentamente y repitió la palabra:

—Mayordomo. —Y se marchó, dejando a Hayden solo con sus pensamientos.

Impulsado por la curiosidad, comenzó a perseguirlo por la casa. En poco tiempo empezó a hacerse cargo de todo lo que ocurría a su alrededor. Cambió a todo el equipo del servicio que se había encargado de la casa desde que él había nacido, desde los jardineros hasta el personal de limpieza. Los nuevos no sonreían ni se acercaban a él.

Él mismo probaba toda la comida que los cocineros preparaban antes de servirla, y contrató a un tutor nuevo para que viniera a darle clases particulares.

Para un niño de siete años, incluso uno que había perdido a sus padres pocos días antes, todos los cambios traían posibles aventuras, y allá donde iba Mayordomo, Hayden lo seguía intentando pasar desapercibido, pensando que el hombretón no era capaz de verlo con sus habilidades sobrenaturales de ninja.

Como si de una película se tratase, el sueño lo llevó a semanas futuras, cuando en una de sus rabietas gritó a Mayordomo que lo dejara en paz y que quería que sus padres volviesen, ante lo que el hombre respondió agachándose y abrazándolo como si fuera un bebé.

Comenzó a saltar de un año a otro, como si viajara en el tiempo. Se vio entrenando esgrima deportiva con Mayordomo, fallando todas y cada una de las estocadas que lanzaba, que el guardián esquivaba o paraba con facilidad. Un poco más adelante apareció practicando kárate, tratando de hacerle una llave que siempre acababa con él de bruces en el suelo. Mayordomo no le ponía las cosas fáciles. Nunca lo dejaba ganar, y, lejos de frustrarse, el niño se esforzaba todavía más en vencer a quien él consideraba un viejo arrugado y lento.

Los únicos juegos en los que Hayden tenía ventaja eran los de mesa. Solo le hizo falta jugar dos partidas al ajedrez contra el guardián para ganarlo, y desde ese momento no hubo forma de que perdiese. Mayordomo, al ver aquello, empezó a hacerle probar otros juegos de mesa de los que nunca había oído hablar. El go, nacido en China hacía más de cuatro mil años, estaba entre sus favoritos.

La dinámica consistía en colocar piedras blancas y negras en las intersecciones del tablero. Funcionaba por turnos, y Hayden siempre jugaba con las negras, que iniciaban la partida. El objetivo era controlar más de la mitad del tablero. Lo divertido era que, a diferencia del ajedrez, una vez colocada una piedra esta no se podía mover, pero sí podía ser eliminada si la rodeaban piezas del otro color. Quizá parece simple, pero es uno de los juegos más complejos que existen.

Pero, sin lugar a dudas, su juego favorito era el *brandub* (o *brannumh* en irlandés). Es una variante más pequeña del germano *hnefatafl*, del que se perdieron las normas cuando el ajedrez lo reemplazó durante el Renacimiento. Todavía se juega, pero las reglas son una aproximación de las reales, que nunca se han podido confirmar del todo.

El juego llegó a la isla a finales del siglo VIII, cuando los vikingos empezaron a realizar incursiones en Irlanda. Al llegar el invierno, algunos de los clanes se quedaron allí en vez de volver a su Escandinavia natal, y al poco tiempo se habían establecido de forma permanente. Entre toda la cultura que compartieron con los irlandeses estaba la del *hnefatafl*, que pronto se convirtió en el juego de mesa predilecto en el país.

Se juega en un tablero de siete por siete cuadrados, y el del centro y los esquineros están marcados. Hay trece piezas que se dividen en dos equipos: el rey y sus cuatro defensores, y los ocho atacantes. El objetivo es que el rey, que empieza en el centro rodeado por sus defensores, llegue a cualquiera de las esquinas. El equipo atacante tiene que rodearlo para vencer.

Uno de los saltos lo llevó al momento en el que, jugando con Mayordomo, llegó su momá, y él se levantó a abrazarla mientras Mayordomo miraba en silencio a la mujer. Debía de tener poco más de trece años en aquel entonces, y esperaba las visitas de la abuela los fines de semana con la alegría característica de cualquier niño que sabe que le van a traer algún regalo.

Recordaba que dejó de jugar y fueron a pasear por el lago, con un silencioso Mayordomo acompañándolos a una distancia prudencial para no molestarlos, pero suficiente para oír lo que hablaban. Caireen, por su parte, se limitaba a ignorar al guardián mientras le contaba a Hayden la leyenda del hada que supuestamente vivía en el lago de la casa.

Él sabía que los cuentos que le contaba su momá eran fantasía pura y dura, como las novelas que leía de la biblioteca de su padre, pero aún albergaba la esperanza de que todas esas historias de guerreros, duendes y magia fueran reales. Le agarró la mano a la mujer y la llevó a la orilla del lago, donde se sentaron en una piedra lo bastante grande como para que los dos pudieran moverse cómodamente.

—Momá —comenzó a hablar Hayden—, si nuestra familia está tan atada a los seres mágicos de este mundo, ¿por qué no hicieron nada para proteger a mis padres? —El tono de su voz era entrecortado, como si le diera vergüenza preguntar algo así con la edad que tenía.

—Nuestra familia lleva coexistiendo con el pueblo fae desde el nacimiento de esta isla —respondió su abuela—. Las hadas son caóticas por naturaleza, y no a todas les gustaba esa cercanía entre ambos pueblos. —Su tono de voz se endurecía según hablaba—. Aún no sé cuál de todas estuvo detrás de la muerte de tus padres, pero lo acabaré averiguando.

—¿Detrás de la muerte de mis…? —Hayden levantó la vista de la arena para mirar a su abuela fijamente y alzó la voz—. ¡¿Me estás diciendo que la muerte de mis padres no fue un accidente, sino provocada por un hada?!

Antes de que su abuela pudiera responder, Mayordomo se puso frente a él y, con una mirada dura, que Hayden jamás había visto en todo el tiempo en el que llevaba viviendo con él, habló firmemente:

—Esto no está permitido. —Levantó la mano para cortar la réplica de la abuela—. Los términos del acuerdo con mister Cárthaigh eran claros: nada de fantasías.

—¡No puedes evitar que le cuente a mi nieto la verdad del mundo! —le dijo Caireen, tratando de llegar a Hayden, que, sentado en la piedra, miraba con los ojos abiertos el intercambio de palabras.

—Ha roto el acuerdo y, por tanto, le pido que salga de los terrenos de la casa hasta nuevo aviso —sentenció Mayordomo, y cogió del hombro al chico y lo guio de vuelta a la casa, dejando a una triste y enfadada Caireen en la orilla del lago. Esa fue la última vez que vio a su abuela en los terrenos de la mansión.

El siguiente salto lo llevó a su cuarto, pocos días más tarde, donde se vio a sí mismo metiendo las decenas de novelas de fantasía y ciencia ficción que habían adornado las numerosas estanterías de su cuarto desde que era pequeño en cajas de cartón, que Mayordomo diligentemente recogía y llevaba al sótano, donde aún debían de continuar. Mandó descolgar los antiguos cuadros en los que se mostraban leyendas y criaturas de la mitología irlandesa que había por toda la casa y los sustituyó por arte moderno, que el guardián encargó a un artista local.

En poco tiempo no quedó nada en la mansión que recordara de ninguna forma todas las historias que su abuela le contaba, y los libros fueron sustituidos por novelas históricas, policiacas y biografías. El dibujo y la escritura dieron paso a los ejercicios de lógica y a los manuales sobre el comportamiento humano.

El último salto lo llevó a poco antes de trabajar en el caso del autobús desaparecido. Como cada domingo visitó la capilla familiar, ubicada dentro del terreno amurallado de la casa. El mausoleo, construido después del fallecimiento de sus padres, era precioso, con hadas de mármol que rodeaban el edificio, como si estuvieran guardándolo. El diseño era de su madre, y Hayden nunca había tenido fuerzas para sustituir las figuras por otras, ni siquiera tras lo ocurrido con su abuela. Mayordomo le entregó unas flores, que él dejó en una pequeña urna a los pies de la tumba.

Justo cuando se retiraban, oyó un ruido a su espalda. Eso era nuevo, no formaba parte de sus memorias, se dijo Hayden. Se dio la vuelta… y vio la tumba abierta. Mayordomo no estaba visible por ningún lado. Sin poder evitar que sus pies se movieran, se acercó a la tumba para asomarse. Una mano cubierta de sangre surgió de la oscuridad, lo agarró del brazo y acto seguido empezó a arrastrarlo a su interior.

24

L a repentina reducción de velocidad hizo que se desper-
tase del sueño convertido en pesadilla, y se dio cuenta
de que debía de haberse dormido casi una hora entera, ya
que el coche estaba justo atravesando la puerta de entrada
a sus tierras.

—Oh —alcanzó a decir Hayden—. Lamento haberme
dormido.

Áine le quitó hierro al asunto.

—Tonterías, es normal después de todo lo que ha pasado.

Esta paró el vehículo junto a la enorme puerta de seguridad, en la que Hayden metió un código para abrirla. Después
de conseguir arrancar al tercer intento y ante las constantes
disculpas de ella, se encaminaron a la mansión, donde aparcaron en el hueco del Rolls Royce Silver Shadow, y se dirigieron a la entrada principal de la casa. Kiaran le había confirmado que el coche estaba a salvo y que lo podrían recoger
tan pronto como Mayordomo se encontrase mejor.

Mientras abría la puerta, se paró a pensar en que esa era
la primera vez que alguien más aparte de él y Mayordomo

pasaba la noche en la mansión, y también la primera vez desde que tenía uso de razón que su guardián no estaba a su lado. Era una sensación extraña. Su hogar, ese lugar sagrado donde podía retirarse en cualquier momento a descansar y recuperar fuerzas, había cambiado. Las sombras en las esquinas parecían mayores y más amenazantes. Hayden era consciente de que solo era un efecto de sentirse vulnerable, pero no pudo evitar sentir un escalofrío al dirigir la mirada a las escaleras que llevaban al segundo piso, envueltas en la oscuridad.

—¿Dónde dejo esto? —preguntó Áine desde la entrada. Él, ensimismado como estaba, no se había parado a pensar en que ella debía de estar algo perdida en una casa tan grande.

—Hay un colgador detrás de la puerta —señaló Hayden.

Después de asegurarse de que Áine había cerrado la puerta, se encaminó a la salita de estar acompañado por la chica, que miraba a todos los lados admirando los cuadros y obras de arte de sus paredes. Se tumbó en el sofá y se acurrucó en una esquina mientras miraba la chimenea apagada. Quizá llevara toda su vida en aquella casa, pero no tenía ni la menor idea de cómo encenderla.

Áine se levantó y la encendió con facilidad. Se volvió a mirar a Hayden.

—Soy de pueblo —sonrió—, si no supiera encender una chimenea, los inviernos habrían sido duros.

Él no sabía qué decir o hacer en esa situación. Su relación con otros seres humanos, si bien últimamente se había expandido forzosamente gracias a este caso, era básica, y no tenía ni idea de sobre qué hablar. Por suerte para él, Áine no tenía ese problema y, una vez que encendió la chimenea, se sentó en el sofá junto a él y le cubrió las rodillas con una de las mantas que había allí. Hayden se sorprendió de las familiaridades que se tomaba, pero le restó importancia.

—¿Vives aquí con tu guardaespaldas? —empezó ella—. ¿No hay nadie más? —Hizo un gesto con las manos, abarcando la casa entera.

—Solo estamos Mayordomo y yo —contestó él con un hilo de voz. No quería hablar, quería estar en silencio y aprovechar la ausencia de ruidos para analizar todo lo ocurrido en la fiesta y el hospital. Había algo que seguía sin cuadrar. Eoin no podía ser el asesino.

—¿Y cómo es eso? —continuó preguntando Áine. No parecía que fuera a ceder con sus preguntas, por lo que Hayden paró de pensar y se giró a ella. Cuanto antes contestase a sus dudas, antes podría volver a centrarse en el caso.

—Mis padres fallecieron cuando yo era pequeño —empezó a decir. Nunca había hablado de eso con nadie. Para ser completamente sincero, nunca había tenido a nadie con quien hablar de nada que no fuera su guardián—. Desde entonces vivo con Mayordomo aquí. —Estiró las piernas mientras apoyaba la espalda en el sofá—. Llevamos viviendo solos veintitrés años.

Áine se llevó la mano a la boca.

—¿Llevas tanto tiempo solo? ¿Y el resto de tu familia? —Por algún motivo, a Hayden no le resultaba incómodo hablar del asunto. Quizá porque nunca había podido discutirlo con nadie, o porque siempre que sacaba el tema de pequeño Mayordomo rápidamente lo ignoraba.

—Tengo una abuela, pero los abogados de la familia no permitieron que se quedara con la custodia. Al parecer mis padres tenían todo bien atado por si les pasaba cualquier cosa. —Sonrió de forma triste—. Aunque casi mejor así. Mi abuela es algo… peculiar. —Hablar sobre que se la consideraba una de las últimas brujas de Irlanda quizá no fuera un buen tema de conversación.

—Bueno, Mayordomo parece un buen tipo. —Áine se encogió de hombros—. No es que lo conozca, claro. Solo lo he visto durante este caso, pero en todas las ocasiones parecía centrado en evitar que te pasase cualquier cosa.

—Ese es Mayordomo —suspiró Hayden—. Siempre atento a lo que necesite. —Su voz tenía un toque de melancolía que a ella no le pasó desapercibido.

—¿No eres feliz? —preguntó la chica señalando todo lo que tenía a su alrededor—. Tienes todo lo que cualquier persona podría querer o más. —Su tono de voz se volvió seco—. Un hogar, una persona que te protege, un trabajo en el que eres bueno…

—¿Trabajo? —se rio Hayden—. Lo que hago no es un trabajo. Cuando la policía no sabe qué hacer con un caso, me llama, como si fuera un caballo o talismán de la suerte.

Se levantó para ir a la cocina, con Áine pisándole los talones. Una vez allí, se quedó mirando la enorme cantidad de aparatos que había. No los había usado nunca, por lo que ni siquiera sabía por dónde empezar. Ella notó su incomodidad y tomó la delantera; encontró rápidamente un calentador de agua.

—¿Qué haces? —preguntó él. Una cosa es que fuera una invitada y otra que hiciera y deshiciera a su antojo.

—¿No quieres hacerte un chocolate? —le sonrió Áine—. Me he fijado en que las dos veces que te he visto Mayordomo no cesaba de llenarte una taza con chocolate caliente. Si me señalas la despensa, me puedo encargar yo de prepararte uno.

Hayden le sonrió y señaló uno de los cuartitos que había en la cocina. Era lo único que sabía con seguridad dónde estaba. Eran incontables las veces que Mayordomo lo había sacado de allí cuando intentaba conseguir algún dulce cuando era pequeño. Dejó a Áine en la cocina y volvió a la salita, donde se tapó con una manta para entrar en calor. La adrenalina estaba poco a poco saliendo de su cuerpo, y las extremidades, nada acostumbradas, le temblaban.

Unos minutos más tarde, la chica estaba de vuelta con dos tazas de chocolate que olía exactamente igual al de Mayordomo. Hayden se llevó la suya a las manos y dio un sorbo; el calor alejó un poco el frío que sentía en ese momento. Áine continuó con la conversación anterior.

—Dices que no es un trabajo, pero dudo que pudieras vivir aquí sin ingresos. —Se frotó los dedos de una mano, dando a entender que tenía que cobrar bien, y con la otra señaló varios cuadros—. Reconozco a algunos de los autores de esos lienzos y créeme cuando te digo que deberían estar en un museo.

—Mis padres venían los dos de familias antiguas. —Hayden había invertido mucho tiempo en su juventud en intentar encontrar algo sobre sus orígenes. Por entonces pensaba que quizá no estaba del todo solo—. Los dos eran hijos únicos, por lo que toda la herencia fue para ellos. —Ninguna de sus investigaciones había dado frutos, aunque siempre había pensado que era porque Mayordomo se encargaba de sabotearlas. Después de mucho insistir, esa era la única información que había logrado sonsacar a su guardián—. Al morir, como hijo único, lo heredé absolutamente todo, aunque hay un fondo fiduciario que se encarga de administrar los negocios de la familia. —Sonrió de nuevo de forma triste—. Me temo que si yo tuviera que encargarme de ganar dinero, ya estaría viviendo debajo de un puente. Además —dijo señalando a su alrededor—, ¿para qué me sirve el dinero si solo salgo de aquí cuando me llaman para un caso?

Áine, sin pensarlo, le puso una mano sobre el hombro. Aunque la sensación inicial de Hayden fue de rechazo, no se atrevió a moverse, por lo que la mano se quedó unos segundos de más apoyada antes de que ella la retirase. Para él, esas acciones eran todo un misterio. Al igual que en la oficina de Kiaran, sentía una atracción poco habitual por la chica. No paraba de repetirse que no era propio de su persona hablar tanto o sobre sí mismo.

—Bueno, al menos esta noche estarás tranquilo. Ahora podrás descansar. —Y lo animó a darle otro sorbo al chocolate.

—No ha sido Eoin —afirmó con fuerza Hayden—. Será muchas cosas, pero no ha podido asesinar a las tres víctimas.

—¿Cómo sabes eso? —preguntó con curiosidad Áine—. No digo que haya sido él, pero es una posibilidad, ¿no crees?

—Para empezar, la forma en la que habló de su mujer. —Al dejar las preguntas personales, Hayden volvía a sentirse más confiado—. La quería, no hay duda. No estaba dispuesto a divorciarse e incluso accedió a que ella conociera a otras personas con la esperanza que decidiese continuar con él. —Dio un largo sorbo al chocolate caliente—. Además, no estaba en el país cuando falleció.

—Podría haber tenido un cómplice —pensó en voz alta Áine—. Alguien en quien confiase para llevar a cabo los otros asesinatos.

—¿Con qué objetivo? —preguntó él—. Eoin ya es un productor de cine de éxito. No necesita aparecer en las portadas. Con el cuidado que tiene con su imagen, cualquier desliz le podría costar la carrera.

—Pero estaría en el centro de atención de todo el mundo. El otro día incluso lo oí hablar sobre producir una película de estos asesinatos —dijo Áine—. El plan le podría haber salido muy lucrativo.

Hayden no estaba convencido.

—No lo creo. Por cómo reaccionó el día del interrogatorio, Eoin es visceral, y estos crímenes han sido planeados hasta el último detalle, con paciencia y constancia. —Su voz empezaba a sonar diferente, como si estuviera adormecida; el chocolate no parecía estar haciendo el efecto deseado de mantenerlo despierto.

—¿Cuál es tu teoría, entonces? —preguntó Áine. Se había quitado las gafas, se soltó la trenza y el largo cabello castaño se derramó por su espalda. A la luz de la chimenea su pelo parecía de color rojo vivo.

—Ha tenido que ser alguien cercano a Eoin y al caso. —Dejó la taza de chocolate sobre la mesita, le empezaba a pesar demasiado en las manos—. No es una casualidad que las tres víctimas frecuentaran la misma fiesta, la suya, ni que su mujer fuera una de ellas. —Apoyó la cabeza en el sofá. Se dio cuenta de qué era lo que no paraba de darle vueltas en la cabeza desde que había llegado.

—Áine, ¿cómo sabías donde vivo? —preguntó Hayden—. Nunca te lo he contado. —Ella, sin contestar a su pregunta, se puso a su lado y, de un movimiento, se sentó encima y acercó la cara a unos pocos centímetros de la de él, que apenas pudo ofrecer resistencia. Sus extremidades pesaban demasiado—. ¿Qué me está pasando? —logró decir—. ¿Qué estás haciendo?

La chica se echó para atrás el pelo y lo miró fijamente.

—Continúa, ya estás cerca. ¿Quién podría ser el asesino?

—Solo hay una persona que tuviera acceso a los tres en cualquier momento. —Hayden dejó de pelear por levantarse y miró a la ahora completamente extraña mujer que tenía encima—. Tú.

—¡Muy bien! —lo felicitó Áine—. ¿Ya has averiguado quién soy? —Sus ojos parecían haber cambiado de color, del azul al verde.

—La leanan sídhe.

25

—No es posible —alcanzó a decir Hayden mientras intentaba en vano quitarse a Áine de encima.

—¿Por qué? —se rio ella—. ¿Porque la dulce y pequeña secretaria no podría haber pensado algo así?

Él trato de levantarse de nuevo sin éxito.

—¿Qué me has dado? —Podía pensar y hablar, pero le faltaba fuerza, como si estuviera bajo el agua.

—Un sedativo para caballos —dijo Áine—. Después de ver cómo bebías el chocolate en los dos interrogatorios en los que estuve presente, sabía que no podrías evitar tomarte uno al volver a casa.

—La pistola, Mayordomo... —susurró Hayden.

—Por fin lo entiendes, ¿verdad? —Se quitó de encima, consciente de que apenas podría moverse. Se sentó más cerca del fuego, de espaldas, mientras lo miraba—. El objetivo no eras tú. Era Mayordomo. —La luz de las llamas resbalaba por su pelo, que parecía moverse por sí solo—. ¿Cómo podría si no acercarme a ti?

—¿Por qué? —Hayden vio la conexión entre todos los asesinatos y llegó a la conclusión de que, efectivamente, tenía que ser Áine, pero continuaba sin entender por qué.

—Desde pequeña supe que era diferente —empezó a decir ella—. Aprendí a hablar muy tarde, pero pintaba y dibujaba como ningún otro niño de la guardería; además, tenía una anemia aguda y me cansaba muy pronto. —Su voz había tomado un tono de añoranza—. El arte me reclamaba, y sentía que estaba llamada a crear grandes cosas. —Echó la cabeza atrás y miró al techo—. Nunca conocí a mi padre, y cuando mi madre falleció en un accidente de tráfico me enviaron donde mi abuela. —La sonrisa se le torció un poco—. ¡Imagínate mandar a una niña de ciudad a un pueblo donde prácticamente nadie sabe leer! Allí me contó sobre las hadas y sobre lo que muchas hacen con sus bebés cuando quieren que crezcan sanos y fuertes. —Se encogió de hombros, como si todo fuera perfectamente lógico—. Yo era un changeling, uno de los hijos descartados de las hadas.

Hayden no dijo nada, se quedó mirándola fijamente. Con disimulo, arrastró la mano al bolsillo de su pantalón.

—No me mires así —dijo Áine con fastidio—. Crees que estoy loca, como el imbécil del terapeuta al que el Estado me obligó a ir durante un tiempo —suspiró—. La prueba definitiva vino cuando estaba ayudando en el campo a mi abuela. Uno de los niños vecinos se pasaba todo el día metiéndose conmigo, diciendo que era tonta por no ser capaz de hablar correctamente, y mientras me tiraba hierba se tropezó y cayó delante de las aspas del remolque que llevaba el tractor para remover la tierra. —La mirada volvía a ser apacible, como si un suceso tan terrible solo le trajese buenas memorias—. Cerré los ojos, pero el niño básicamente explotó a mi lado, bañándome en su sangre.

—¿Qué tiene que ver un accidente así con todo esto?

Áine miraba ahora al fuego, ensimismada en sus pensamientos, momento que aprovechó Hayden para poner la huella dactilar sobre su teléfono y desbloquearlo. El tranquilizante era potente, por lo que no sentía las puntas de los dedos; esperaba estar haciéndolo correctamente.

—En el momento en el que la sangre del niño me tocó la piel, todo cambió para mí. —Se levantó para acercarse a él y retirarle la mano del bolsillo del pantalón—. No lo intentes, para cuando vengan ya nos habremos marchado. —Y empezó a caminar alrededor del fuego, alternando pasos con saltitos, como si estuviera jugando a la rayuela—. De pronto pude hablar sin problemas. —Le dirigió una mirada brillante—. ¡Era la prueba que necesitaba! —Abrió los brazos al cielo—. Además, noté como si mi cuerpo fuera más fuerte y pudiera andar y caminar todo el tiempo que quisiera. ¡Estaba claro que yo era una changeling!

»La prueba definitiva vino poco antes de graduarme. —Bajó el tono de voz—. Después de años tranquila, estudiando y ayudando a mi abuela, envié decenas de cartas para hacer prácticas en diferentes compañías de arte, y nadie me contestaba. No importaba que fuera la mejor de la clase ni que me hubiera graduado con honores, era como invisible. —El recuerdo la enfadaba—. Así que una tarde, después de viajar a su pueblo, justo en la frontera de Irlanda del Norte, me fui a casa con el que era en aquel momento mi novio y preparé la bañera para los dos. —Volvió a sonreír y se abrazó el pecho, como si fuera algo romántico—. Nunca olvidaré la mirada de sorpresa cuando de un movimiento le abrí el cuello. —Volvió a dar pasitos alrededor de la chimenea—. Poco después de bañarme en su sangre, ¡recibí un correo en el que me confirmaban que había sido aceptada para hacer prácticas con el increíble productor de cine Eoin Quigley! —Su sonrisa era tan grande que los dientes brillaban a la luz del fuego.

—Estás loca —murmuró Hayden—. ¡Lo que dices no son más que cuentos de hadas! —Ahora sabía cuáles habían sido las primeras víctimas, con las que había comenzado todo aquello.

La expresión de alegría de Áine dio paso a una de furia.

—¡¿Cómo puedes decir algo así después de lo que te he contado?! —Lo señaló acusatoriamente con el dedo—. Y más tú, que has visto el poder que tienen los talismanes. Sí, reconocí la bolsita que nos enseñó Kiaran en el hospital. ¡Era un protector contra mi poder y el único motivo por el que Mayordomo sigue con vida!

—No, ha sido una casualidad —dijo Hayden, negando cansadamente—. Nada más.

La sonrisa volvió a la cara de Áine.

—¿Seguro? Quizá deberías de preguntarle a tu abuela sobre ello. —Él abrió los ojos como platos ante la mención—. Sí, sé quién es y lo que ha intentado, pero no le ha salido bien. —Le acarició la cara con una mano—. Estabas destinado a ser mío desde el momento en el que naciste. Tus padres te prometieron a nuestro pueblo y no cumplieron su promesa.

Hayden no entendía nada. ¿Cómo podía Áine saber sobre su abuela? ¿De qué promesa estaba hablando?

—Ya da igual. —De un golpe abrió la puerta transparente de la chimenea, que dejó salir una ola de calor que forzó a Hayden a cerrar los ojos—. Tú eres el último sacrificio. Contigo volveré con mi gente, con mi pueblo, donde me acompañarás toda la eternidad.

Agarró uno de los atizadores y sacó un tronco ardiente que fue a dar contra uno de los sofás. Dos segundos más tarde, este comenzó a arder.

—¡Nos vas a matar a los dos! —gritó él, y Áine se carcajeó.

—¿No me escuchas? ¡Un pequeño momento de dolor nos hará libres!

El sofá estaba en llamas, y el humo se había extendido por toda la habitación. Ella empezó a sacar troncos de la chimenea y a lanzarlos a su alrededor, extendiendo el fuego, que hacía casi imposible respirar.

Hayden se quedó en silencio y cerró los ojos mientras la chica cantaba y se movía de un lado a otro de la sala. Si bien no alcanzaba a distinguir del todo las palabras, parecía estar entonando una nana irlandesa.

La alarma antiincendios sonaba a todo volumen, pero para cuando llegasen los bomberos sería demasiado tarde. Una casa tan antigua como la de los Waterson estaba hecha en su mayoría de madera, por lo que el fuego se estaba extendiendo rápidamente. Áine, al notar que Hayden había dejado de moverse, se acercó al sofá.

—¿Has perdido ya el conocimiento? —Acercó la cara a la de Hayden.

Sacando fuerzas de donde no había, él le dio un cabezazo seguido de una patada que la mandó directa al sofá donde se había iniciado el fuego, que ahora brillaba mientras las llamas lo consumían. El golpe tumbó el sofá de lado y Áine desapareció entre las llamas sin hacer ningún sonido.

Hayden, casi sin poder moverse, se forzó a tirarse al suelo y, con la única mano con la que tenía algo de fuerza, comenzó a arrastrarse hacia la salida. A su alrededor, la casa ardía sin parar. Los cuadros, las pieles e incluso las vigas de madera se quemaban rápidamente. No importaba cómo se viese, la vieja mansión estaba condenada.

Llegó a la puerta de la entrada y rezó a quien fuera que lo oyese porque Áine no hubiera cerrado con llave. Alargó la mano desde el suelo y alcanzó el pomo, que estaba ardiendo y al rojo vivo. Ignorando el dolor, lo giró como pudo y sonrió al oír el chasquido que significaba que no estaba cerrada con llave.

Se apartó a un lado arrastrándose, metió los dedos entre el marco y abrió la puerta lo justo para poder deslizarse. El aire fresco que lo recibió le dio fuerzas para seguir reptando, hasta que sus fuerzas le fallaron una vez que llegó al suelo de piedra de fuera de la mansión. Se puso bocarriba para intentar respirar y no pudo evitar fijarse en el contraste entre el fuego que ahora salía por varias de las ventanas del piso de abajo y la noche despejada y estrellada. Se podían contar con los dedos de una mano las noches así en esa época del año, y aquella le pareció la más bonita de todas.

Oyó un ruido en la puerta y, al alzar la cabeza, algo salió a la luz de la noche y él abrió los ojos con incredulidad y miedo. Áine se hacía paso entre el fuego. Le faltaba gran parte del pelo, que había sido sustituido por quemaduras que brillaban al rojo vivo, y la piel y parte del vestido estaban en llamas. La visión parecía sacada de una pesadilla, se movía lentamente, pero con confianza, ignorando por completo el dolor que tenía que estar sufriendo.

Debería estar muerta. Nadie podía sobrevivir a semejante dolor.

—¡Te dije que eras mío! —gritó Áine mientras se abalanzaba sobre él—. ¡Y mío serás para toda la eternidad! —Lo agarró de una pierna y empezó a arrastrarlo de vuelta a la mansión en llamas.

Hayden se dio la vuelta en el suelo, tratando de agarrarse a las piedras que cubrían la entrada de la casa, pero el tranquilizante aún le afectaba y sus dedos se deslizaban sin fuerza, sin poder aferrarse a nada.

—No niegues lo inevitable —le decía dulcemente ella—. Dentro de poco te reunirás con tus padres.

De repente, Áine dejó de tirar de él y se llevó las manos a la cara. A los ojos cansados y llorosos de Hayden, lo que parecía un cuervo enorme le estaba arañando el rostro quemado a la chica, que lanzaba las manos al aire para intentar librarse del ave.

—¡No! —gritaba de dolor a cada picotazo—. ¡Es mío!

El cuervo le lanzó otro picotazo en un ojo y ella se llevó una mano a la terrible herida mientras con la otra golpeaba al pájaro, que se alejó con un graznido. Se giró para volver a agarrar a Hayden.

—¡Eh, Áine! —sonó una voz en la noche.

Hayden alcanzó a girar la vista y vio a Kiaran con su pistola reglamentaria en las manos, apuntando a la mujer en llamas. Esta se giró para mirarla.

—Llega tarde, detective, no tiene nada que hacer. —Ignorando las terribles quemaduras y heridas producidas por el cuervo, se volvió con la intención de llevarse consigo a Hayden.

—Báñate en esto, pirada —le contestó la otra, apretando el gatillo; la bala alcanzó a Áine en un hombro y la mandó de vuelta a la mansión en llamas.

Esta se levantó del suelo ardiente, con el hombro sangrando, y dio un paso al frente para salir de entre las llamas. Hayden no pudo evitar comparar la escena con la de incontables películas de terror, cuando el asesino sobrenatural parece imposible de matar. En ese momento, una de las vigas centrales de la entrada no aguantó más su peso y cayó sobre la salida, bloqueándola y atrapando a Áine debajo.

Kiaran corrió hacia Hayden y lo arrastró lejos del fuego. Al fondo se oían las sirenas de los bomberos. Antes de perder el conocimiento, Hayden logró decir:

—Se acabó el chocolate caliente para mí.

26

Hayden se despertó en el hospital y lo primero que le vino a la mente fue la enorme sed que tenía. Intentó enderezarse, pero una mano enorme, de forma firme pero suave, lo empujó de vuelta a la cama.

A su lado estaba Mayordomo, vestido con una bata de hospital y reclinado en un sofá. Se lo veía algo más pálido que de costumbre, pero su mirada era tan clara como siempre.

Al otro lado se encontraba Kiaran, que al ver que Hayden estaba despierto le sonrió y le acercó un pequeño vaso de plástico lleno de agua. Él se la bebió del tirón.

—¿Qué es lo que pasó exactamente? —alcanzó a decir, con la garganta todavía un poco seca.

—En cuanto llegamos a la comisaría, Eoin se echó a llorar, diciendo que él no había sido, que era imposible y que no había sacado su pistola de la caja fuerte desde hacía más de un año. —Kiaran sonrió de forma triste—. Cuando le pregunté quién más sabía la combinación de la caja fuerte, me contestó que solo Olga, su secretaria y él. Y que Áine la tenía para poder sacar y meter documentos confidenciales de forma segura. —Fue a poner una mano sobre la de Hayden, pero cambió de idea en el último momento—. Esto me hizo pensar y busqué de nuevo su nombre en nuestra base de datos para leer en profundidad su historial. Reconozco que ha sido un error pensar que alguien que parecía tan inofensiva podía ser la siguiente víctima y no nuestra asesina.

Negó con la cabeza, como intentando quitarse un mal pensamiento.

—Ahí descubrimos que su nombre estaba asociado a un accidente en una granja en el que falleció un niño un par de décadas atrás —prosiguió—. Por sí solo eso no me habría parecido raro, pues los accidentes en granjas eran muy comunes en los pueblos, donde la seguridad era algo secundario frente a la necesidad de producir una buena cosecha; pero entonces descubrí que era la novia de un estudiante de arte desaparecido el año pasado en Irlanda del Norte. —Volvió a sonreír—. Con esta información y tu teoría de la leanan sídhe, dejé a Eoin en la comisaría y me puse en camino a la mansión. El resto… es historia.

—¿Por qué la primera vez que hiciste la búsqueda no salió nada del novio desaparecido? —dijo Hayden.

—Echo la culpa de esto a que nuestra base de datos y la de nuestros vecinos del norte son independientes —respondió Kiaran molesta—. Tan solo hicimos la búsqueda en la nuestra, sin pensar que quizá tenía historial en el norte. —Negó con la cabeza, triste.

—Yo también tendría que haberme dado cuenta, no entiendo cómo no me fijé en que era una sospechosa más que posible —se lamentó Hayden.

—Los dos sabemos por qué no la consideraste como una sospechosa —sonrió dulcemente ella—, y cuanto antes te des cuenta de ello mejor. El corazón es un órgano algo caprichoso. —Y le guiñó un ojo a Mayordomo, que le devolvió un gruñido por respuesta.

—¿Se sabe algo de ella? —preguntó él, intentando cortar el rumbo de la conversación. Tenía miedo de saber la respuesta.

—Nada de nada —respondió Kiaran—. No se ha encontrado ningún cuerpo en los restos del incendio de la mansión, pero, teniendo en cuenta la potencia de las llamas, es posible que su cuerpo acabase carbonizado. —Se fijó en la mirada repleta de dudas de Hayden—. No ha podido sobrevivir, si es eso lo que te preocupa. Entre el balazo y las quemaduras, es imposible que saliera de allí con vida.

—¿Y la casa? —Desde siempre había visto la mansión más como una prisión que un hogar, pero después de todo lo ocurrido el pensamiento de no poder volver a lo que siempre había considerado un lugar seguro lo llenaba de incertidumbre.

—Todo el piso de abajo se ha quemado —empezó a decir Kiaran, recordando lo hablado con los bomberos—. La cocina, la salita y la entrada principal han acabado carbonizadas. Los cimientos no han sufrido daños, por lo que solo se deberían reconstruir esas zonas.

Hayden se alegró y sorprendió a partes iguales. El fuego había parecido mucho mayor visto desde dentro, y pensaba que toda la casa había ardido sin remedio.

—Además —siguió diciendo Kiaran—, he oído que ya hay un grupo de constructores retirando escombro para empezar las labores de reconstrucción cuanto antes. —Y guiñó un ojo a Mayordomo, que continuó apoyado en el sofá en silencio con los ojos cerrados.

La puerta de la habitación se abrió y la figura menuda de Caireen apareció, sonriendo a los integrantes de la sala. La primera a la que se dirigió fue a la detective.

—¿Cómo estás, pequeña? —la saludó ante la sorpresa de Hayden—. Llevo mucho tiempo sin verte.

—Momá, ¿os conocéis? —Miró a Kiaran con extrañeza.

—Tu abuela es conocida en toda la región —contestó esta—, creo que ha aparecido en cada fiesta regional desde que tengo uso de razón, además de en un montón de entierros —explicó—. Nos hemos cruzado en más de una ocasión en algún pueblo, pero ¡no tenía ni idea de que era tu abuela! —Tras darle un pequeño beso en la frente a Caireen y despedirse de Hayden y Mayordomo, salió por la puerta, prometiendo volver más tarde.

—Momá —empezó Hayden cuando esta se sentó a su lado—, tengo preguntas que hacerte.

—Pregunta pues, *gharmhac* —dijo ella mientras le apartaba el pelo de la frente.

—La asesina dijo conocerte. ¿Cómo es eso posible?

—¿Me creerías si te digo que tiene que ver con mi trabajo? —devolvió la pregunta Caireen. Lanzó una pequeña carcajada ante la mirada de incredulidad de su nieto—. Digamos que era una joven muy interesada en la historia de la isla que vino a consultarme hace muchos años. Durante un tiempo albergué la esperanza de que pudiera ser la que heredase mi manto…, pero su mente y corazón no estaban donde debían. Desapareció hace años y pensé que había seguido con su vida.

—¿Cómo es que no intentaste llevarla por el buen camino? Tú siempre ayudas a todo el mundo, incluso a los que no se lo merecen —preguntó extrañado él.

—Yo ayudo a nuestro pueblo, Hayden —le recordó su abuela—, no al de las hadas.

Esta frase hizo que el chaval mirase hacia arriba y suspirase en voz alta. Hablar con su abuela era siempre igual. Se acordó de una cosa. Una pregunta llevaba a otra, y así hasta el infinito.

—Momá —dijo en voz baja, nervioso por si alguien más lo oía—, cuando Áine estaba a punto de lanzarme a las llamas, me pareció ver un gigantesco cuervo atacándola. ¿Acaso era tu cuervo?

Caireen sonrió de nuevo a su nieto.

—Estás lleno de preguntas, *gharmhac*, y hay algunas que quizá sea mejor ignorarlas y simplemente dar las gracias. ¿No crees? —Le dio un beso en la frente.

Hayden decidió que la próxima vez que visitara a su abuela llevaría un buen cuenco de lo que fuera que comieran los cuervos. Después de lo ocurrido, era mejor ser agradecido.

—Pero Áine sabía cosas de mis padres… —continuó Hayden, pero su abuela lo silenció inmediatamente.

—Nuestra familia ha estado unida a la historia de la isla desde que esta existe. Nuestros apellidos aparecen en los libros de historia. Yo misma tengo un ejemplar con todo nuestro árbol genealógico. Cuando estuvo conmigo, aprendió todo lo que quiso y más sobre nosotros. Por lo que me he enterado, debió de pasar mucho tiempo estudiándonos.

Tras despedirse de Mayordomo con una mirada y de Hayden con un suave abrazo que le dejó su olor a hierbas en las fosas nasales, se marchó de la sala.

—¿Y tú? —preguntó el chico, girándose hacia Mayordomo—. ¿Qué clase de guardaespaldas deja que le disparen? —dijo con un tono de dolor fingido—. Mientras tú estabas aquí, descansando y tranquilo, a mí por poco me queman vivo. —El guardián no se molestó ni en abrir los ojos, solo suspiró en voz alta. —Alargó el brazo y le puso la mano sobre el hombro—. Ahora en serio, gracias por estar siempre ahí para mí. —El anciano abrió los ojos de golpe y lo miró impresionado; después miró al cielo y se santiguó—. ¿Ves? Por eso no te doy las gracias nunca. —Volvió a cerrar los ojos para descansar un poco.

Les llevó una semana entera a ambos salir del hospital. Hayden había aspirado mucho humo y Mayordomo necesitaba reposo para evitar que se le abrieran los puntos. Al fin y al cabo, no todo el mundo sobrevivía a un disparo a quemarropa. Durante el tiempo que pasaron en el hospital, el maestro no dejó de quejarse, por lo que, una vez que estuvieron seguros de que su salud no corría peligro, los médicos firmaron encantados el permiso para que continuara su recuperación en casa.

Al salir, en el aparcamiento, los estaba esperando el viejo Rolls Royce, que Kiaran había mandado traer desde Belvedere el día anterior. Mayordomo sonrió mientras pasaba la mano por encima del coche, acariciándolo como si de un amante se tratase. Apoyó brevemente la frente sobre la puerta delantera y apartó un bicho que estaba descansando sobre el parabrisas.

—¿Queréis que os deje solos? —preguntó Hayden con una sonrisa—. Puedo mirar hacia otro lado sin problemas.

El guardián abrió la puerta de atrás y el maestro se acomodó en los asientos de cuero.

La incertidumbre le apretaba el pecho mientras entraban en los terrenos de la mansión. Más allá de lo que les había contado Kiaran, no sabía mucho sobre el estado de la casa, y sentía una profunda responsabilidad por lo ocurrido.

Mayordomo aparcó el coche y los dos salieron a la entrada, donde más se apreciaban los estragos del fuego. Por suerte el fuego no había afectado a la pequeña casa para invitados que había al lado, por lo que tendrían donde dormir mientras se trabajaba en la reconstrucción. Por lo que se veía, los pisos de arriba no estaban dañados, mientras que el de abajo era una ruina completa.

Los obreros habían tirado esas paredes, dejando solamente los pilares y cimientos que sujetaban la casa al aire, y el aparejador estaba hablando con los obreros para comenzar a trabajar. Mayordomo no le había comentado nada, pero estaba seguro de que aprovecharía la ocasión para realizar ciertos cambios en el diseño del piso. Estaba claro que esta vez instalarían aspersores antiincendios por doquier.

—¿Qué tal va el otro proyecto? —preguntó Hayden a Mayordomo con seriedad. Este le contestó con una afirmación y, por primera vez desde que habían salido del hospital, le dedicó una genuina sonrisa. Se iba a volver a celebrar una fiesta en los terrenos de la casa Waterson después de veinte años.

Siguiendo las indicaciones de Máire, a la que Mayordomo había dado el control para prepararlo todo cuando la llamó desde el hospital, vieron junto al lago varios puestos de comida de los negocios locales de Glassan, y cerca del bosque había una pila enorme de madera que esperaba a ser encendida una vez llegase la noche. Desde donde estaban se oían los gritos de placer y las risas de los niños mientras disfrutaban del pequeño espectáculo ambulante que habían conseguido contratar a última hora.

La gente no paraba de entrar por la puerta que daba acceso a los terrenos de la casa, de camino al lago. Todos sonreían y miraban a su alrededor, admirando el lugar. Habían pasado muchos años desde que las puertas de la vieja morada de los Waterson se abrieran al público por última vez.

El camino hasta el lago se había decorado con tiras de luces de colores que ya estaban encendidas, y juglares y cabezudos caracterizados como duendes y hadas daban la bienvenida a quienes llegaban. El ambiente era festivo y, aunque el otoño ya estaba en pleno esplendor, a ojos de Hayden todo desprendía un brillo cálido.

Desde donde se encontraban vislumbró a su abuela, que hablaba animadamente con los lugareños. Ella se encargaría de encender la pira y decir adiós a los meses más calurosos del año. Él, por su parte, disfrutaría de la fiesta a distancia. Quizá algún día se atreviera a rodearse de tanta gente, pero por el momento..., sí, ese era un buen comienzo.

En su móvil comenzó a sonar *Stairway to Heaven*, de Led Zeppelin, y echó un vistazo a la pantalla para ver al emisor: era el número que lo llamaba cada vez que había un nuevo caso. Deslizó el pulgar, apretó el botón de colgar y después desconectó el aparato.

Mayordomo lo miró atentamente y, apenas unos segundos después, su teléfono empezó a sonar. Lo sacó, colgó, lo desconectó y, acto seguido, se lo guardó de nuevo en su pantalón.

Dejaron el coche aparcado frente a la casa en obras y se sentaron en un pequeño banco situado a una distancia prudencial desde donde ver las festividades. Mayordomo se giró hacia Hayden y murmuró:

—Vacaciones.

Epílogo

Al día siguiente, mientras en el pueblo todos descansaban de la fiesta y Hayden dormía y se recuperaba de todo el ajetreo de los últimos días, Caireen y Mayordomo se reunieron en uno de los claros cerca de la mansión. Los dos estaban en silencio, y él llevaba una carretilla cargada con un bulto envuelto en una bolsa de plástico negra.

Después de andar durante varios minutos por los terrenos de alrededor, entraron al bosque y llegaron a una explanada en el centro. Era un lugar por el que nadie pasaba y que solo ellos dos conocían. Frente a ambos había un agujero excavado en el suelo, y dentro, un burdo ataúd hecho de planchas de hierro. A su lado había un montón de tierra apilada con una pala clavada en el suelo. Con un movimiento de la mano, Caireen indicó a Mayordomo que dejase el bulto en el suelo.

Él lo bajó y, tras romper la bolsa con cuidado, dejó al descubierto el cuerpo carbonizado de Áine, que Caireen empujó con los pies hasta que cayó al ataúd de hierro, que cerró y selló con un martillo y varios clavos. No había nada de delicadeza en sus movimientos, que contrastaban con la amabilidad con la que trataba a todo el mundo normalmente.

—No eres la primera ni la última que vendrá a por mi familia —dijo Caireen mirando el ataúd que poco a poco desaparecía bajo las paladas de tierra—. Que esto sirva de lección a todas las hadas —añadió, ahora mirando al bosque—. Hayden Cárthaigh no os pertenecerá jamás.

Una vez que el ataúd estuvo completamente cubierto de tierra, los dos se marcharon del lugar sin mirar atrás, dejando el claro en la oscuridad del bosque. A su paso las ramas y las hojas se mecían al ritmo del viento.

Agradecimientos

Hay mucha gente a la que dar las gracias, sin la que esta pequeña novela no habría existido. No puedo mencionar a todas, pero que sepáis que tenéis un lugar muy especial en mi corazón.

A Laura, mi compañera en esta vida, que ha aguantado mis constantes idas y venidas con este proyecto, además de ayudarme a organizarme y darme tiempo para poder cumplir el sueño que ha rondado mi cabeza desde que era un crío. Cómo es capaz de coger mi desorden y mi caos y convertirlos en algo productivo es algo que se escapa de mi entendimiento. Por muchos más años a tu lado.

A mis padres y mi hermana, que desde pequeño me animaron a leer, convirtiendo la lectura en el centro de mi vida y en mi escapatoria cuando el resto de las cosas no funcionaban a mi alrededor. Sin los libros hoy no estaría donde estoy, por lo que os estaré eternamente agradecido por abrirme la puerta a incontables mundos de fantasía y aventuras. Ama, siento haberte perdido esa primera edición de *El Señor de los Anillos*. Aita, siento haber sido tan cabezón. Olatz, hermana, siento haber desaparecido tantos años.

Holden, mi querido agente, que se pasó más de un año detrás de mí hasta que me convenció de lanzarme a esta maravillosa aventura que es escribir una novela. Muchas gracias por tu paciencia y por las incontables preguntas y lloros que has tenido que aguantar. Te debo un sinfín de barbacoas en la granja.

Y por último a Hyuna, *nire alaba kuttuna*, mi querida hija, con quien me gustaría pasar más tiempo y quien me ha inspirado a ser mejor persona desde que nació en las costas de Galway, hace ya siete años. Tu padre te promete dar lo mejor de sí mismo para que estés orgullosa de él. *Egun batean gure uhartera itzuliko gara.* Algún día volveremos a nuestra isla.

«Para viajar lejos no hay mejor nave que un libro».

Emily Dickinson

Gracias por tu lectura de este libro.

En **penguinlibros.club** encontrarás las mejores
recomendaciones de lectura.

Únete a nuestra comunidad y viaja con nosotros.

penguinlibros.club

Penguin
Random House
Grupo Editorial

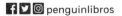 penguinlibros